致现任

Smart is the new sexy!

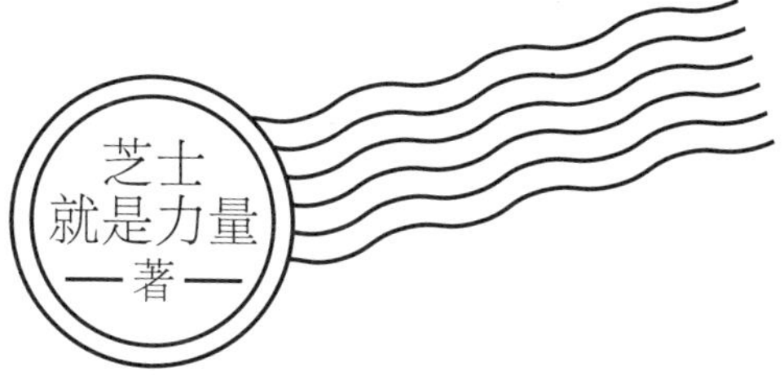

CNS PUBLISHING & MEDIA 中南出版传媒

湖南文艺出版社
HUNAN LITERATURE AND ART PUBLISHING HOUSE

博集天卷
CS-BOOKY

目录

CONTENTS

02

致现任

The Present

目录

CONTENTS

04

致现任

The Present

目 录

CONTENTS

06

致现任

The Present

目 录

CONTENTS

序

惜欲

PREFACE

小时候，有过一个文学梦，想要写一本自己的书。随着年龄越来越大，看的书越来越多，这个梦，越飘越远。

用笔刻画出一个全新的世界，太难了。何况我连眼前的这个世界，都没琢磨明白呢。

今天，离这个梦，仿佛近了一点点，但近得有限，依旧遥远。如果说过去我跟文学这两个字之间隔着一整块足球场，这么多年来，我往前跨了一步。仅仅是一步，即使我现在猛然跃起假摔一跤，边双手捂着眼睛嘴里大叫“哎哟哎哟哎哟要死要死要死”边偷偷向前滚几圈，还是滚不出本方禁区。

如果在60岁的时候，能给《一生所爱》填上一曲普通话的歌词，自己哼完觉得不矫情不硌硬不拧巴不尴尬，就已经是极好的了。

以上是我在文学方面的追求，这本书，与文学无关，后面呈现的，只是文字。

十分感谢中南博集天卷文化传媒有限公司和帮我校正改进的各位编辑，愿意把我的思绪碎片和絮絮叨叨以铅字印刷的形式呈现出来，让我可以在白纸黑字之间自省、在反思里成长、在同学聚会上风轻云淡地对着自称自媒体的无业啃老族问上一句：哦？那你出过书吗？

更要感谢知乎上__________名关注者（数字一直在变，烦请自填），每一位的关注，我都弥足珍贵，每一次的赞同／感谢／收藏／留言，都让我纳闷这究竟是谁在哪儿给我买的小号，太真实太专业套餐内容太齐全了。

不是每个问题，都能解答；不是每个回答，都有帮助。希望能与大家一起思考和探索，让自己变得更坚定、更开心，希望难题不再成为问题，答案不仅限于唯一。

更希望，我的解读，能让你的世界，变得美好一些。

芝士就是力量

该让儿子
从小学吉他
还是学钢琴？

T h e P r e s e n t

儿子今年刚上幼儿园，同班的小孩子都报了美术班、书法班或足球班。我希望儿子长大后能在情感方面顺利一些，成为一个魅力四射的小伙子。那么为儿子以后恋爱早做打算，我是应该给他报吉他班还是钢琴班呢？

高中的时候，有个帅小伙儿同学，有多帅呢，他钢琴十级，加入了一个只会弹Beyond[1]一首曲子的乐队，乐队在全校歌唱比赛中演奏了这首唯一，他作为键盘手，抢走了吉他手贝斯手鼓手黄家驹叶世荣邓炜谦李荣潮的所有风头。

他的名字叫B. X，就叫他暴雪吧。

下面要说的，与钢琴十级没有一毛钱关系，只与暴雪有关。

暴雪不光长得帅，钢琴弹得好，英文也很厉害。有多厉害呢？在我们这个人人英文都相当厉害的学校，他高二就代表学校去北京参加CCTV举办的一个英语演讲比赛了。

当然我私底下认为他之所以能代表英语猛人辈出的高中去参赛，一是形象好，二是有钢琴这个才艺可以展示，至于英语水平也就那样吧。

得到一个优秀奖回来后，我们的英语老师就经常捧隔壁英语小班的暴雪，有天老师把他拉过来非要他现场给我们秀一段，暴雪礼节性地扭捏了几下之后，低头想了想说，那我就背诵一段*Tribute to Diana*[2]吧。

背完之后我哭了，不为王妃洒泪，而是觉得自己的英语水平这辈子恐怕都无法赶上这个同龄人了（当年的我是真上进啊，给年轻的自己点个“赞”+“没有帮助”）。好些地方我竟然没听懂，但又清楚地知道那绝对是地道的英式英语，这种跟听电影原声一模一样

[1] Beyond：中国香港的摇滚乐队，成立于1983年，由黄家驹、叶世荣、邓炜谦、李荣潮四名成员组成。

[2]《致戴安娜》，为戴安娜弟弟在戴安娜葬礼上所致悼词。

的无力感，让我绝望。

抡蹲和阑等[3]的差距。

我回头找Charles Spencer（查尔斯·斯潘塞）的原版听了听，简直是“孪声”兄弟。从此我把暴雪奉为我的英语男神。

此后有一次帮高一小姑娘给他传纸条并成功约见，小姑娘害羞地说，师兄，听说你去参加了CCTV一个英语演讲比赛啊，你说一段给我听听好不好，然后45° 角仰望暴雪摆出一副含苞欲放的花痴样。

暴雪礼节性地害羞了一下，低头想了想说，那我就背诵一段*Tribute to Diana*吧。

我又被洗礼了一次，如浴圣光。

一个高三的已经保送的学姐找我帮忙约他散个步，发育特别着急的学姐星星眼[4]地提及了CCTV一个英语演讲比赛，并且挺了挺胸脯，我迫不及待地补充，是的，他口语可好呢，暴雪，你背篇“戴安娜王妃的悼词”来听听。

再次浴圣光加冰雪碧挑战，晶晶亮，透心凉。

直到现在我也没想明白，为什么当年完成了传纸条和留言任务的我，还会出现在别人的约会现场。

不记得到了第几次，被人贩子卖了还乐呵呵帮忙数钱的我突然

[3]“抡蹲”和“阑等”均为“伦敦”的不准确发音，作者在此要表达的意思是自己的英语发音不准确。

[4]表示眼睛放光，一般为人物兴奋或愤怒时，为了增加感觉而将人物的眼睛画成五角星或四角星的样子，多为漫画所用。

醒悟过来，问道，你怎么老背这篇？就不会点儿别的啦？

暴雪低头想了想说，也会，只是我就这段水平特高，别的太差。

晴天霹雳，“咔嚓”一声！

在我的再三要求下，暴雪展示了一下自己随口读拯救21世纪英语报的善行，竟然比我的口语水平只！高！那！么！一！丢！丢！

我的心里，冬天走了春天来了、花开红了草长绿了、skies of blue and clouds of white[5]、The bright blessed day and the dark sacred night[6]，感觉整个人明显变高、身体也变壮了，自信心又回到了我身边！

开心了1分30秒后，我问他，为何你单单这一篇的口语水平高得如此不合情理？

暴雪一字一句地说，因为这是我的招牌，也是我的撒手锏，我是一个词一个词纠音、一个逗号一个逗号地模仿、一遍又一遍地默写，一句一句地标示连读和语调的上升下降、一段一段地跟读对比的。

然后你每次都在背诵前加上“那我就”三个字，仿佛这是你在脑海里许许多多的文章中随机选出的一篇？我问道。

他低头想了想说，还要在每次说“那我就”前先低头想一想。

当天晚上，我就选定让小布什，成为我的戴安娜。

后来，我们都因为外语特长保送上了大学，从年后一起浪到8月底。暴雪的面试情况我不清楚，反正在我的口语考官看了一眼手表，提出最后一个问题“你有什么兴趣爱好”的时候，我是这

[5] 意为：天空湛蓝云朵洁白。
[6] 意为：白天明亮欢愉，夜晚黑暗神圣。

么回答的：

我喜欢读书，尤其喜欢让人印象深刻的公众演讲，比如The Ballot or the Bullet[7]、The Space Shuttle "Challenger" Tragedy Address[8]、The Only Thing We Have to Fear Is Fear Itself[9]，order of the day and of - course I Have a Dream[10]。（低头想一想）要不，我给您背诵一段，嗯，让我想想，Well，George W. Bush的就职演讲如何[11]？

上面是第一个故事，你猜接下来的是第几个？

工作之后，认识了不少年纪一大把，恋爱经验无限趋近于0，但又不甘心做一个0的男生，于是我经常在闲时组织party、主题下午茶、电影之夜等小型生活服务类活动，让朋友带朋友的朋友来参加，希望单身的他们和愁嫁的她们排列组合玩着玩着就能玩到一起去，折腾着就从一被子到一辈子。

我甚至组织过很隐晦的仲夏夜睡衣趴以及很直接的8分钟约会，还为了他们更好地融合买了特别方便卖萌的桌游跑跑龟以及特别适合献殷勤的桌游卡坦岛。

下面要说的，是让我对直男癌这个词有了进一步深刻认识的一

[7]《选票还是子弹》，美国民权领袖马尔科姆·艾克斯的著名演讲。

[8] 美国时任总统罗纳德·里根发表于1986年的著名演讲。

[9] 美国曾任总统罗斯福的就职演讲中的一句名言。

[10] 意为：最重要的是，当然，我也喜欢《我有一个梦想》这个演讲。

[11] 意为：那么，乔治·沃克·布什的就职演讲如何。

次三国杀活动。

有的桌游规则简单上手容易，利用人和人之间的博弈横生妙趣，比如围棋。有的桌游是针对资深玩家设计的，掌握了相关的规则并熟悉许多设定后，才能乐在其中。了解得越多乐趣越大，情智皆低的老玩家也能依靠信息不对称以及由“但手熟尔”产生的第六感轻松打败逻辑严谨的新手，比如麻将。

三国杀无疑属于后一种。

待大家坐定，我这桌有7男3女，3个姑娘都表示没玩过这个，要先观摩，再参战。除了一个哥们儿表示要教其中一姑娘玩之外，另外5名男性都没有任何表示。于是我问了一句，谁带带这两位美女啊？

无人回应。尴尬的无人回应。

那，我只好自己教了，一教二，教会了再让你们在游戏中摩擦出超越友谊的感情，一种太监用凉席裹好了姑娘给皇上送到床边自己再退下门外候着的即视感。

“桌上一共4种身份，主公就是皇帝，是最厉害的，打个比方，就相当于是你。忠臣就是你男友，要时刻保护你。怎么可能，你好看成这样没男朋友？逗我们玩呢吧。奸臣是小三，目的是干掉你。内奸就是绿茶闺密，表面上保护你一直到最后，实际上要整死你。

“你看，这是咱们抽到的身份牌，这牌就跟没P[12]过的照片一样，

[12] P：指PS，即用美图功能软件修饰照片等。

是不能让任何人看到的。

“来，咱们仨一起选个武将，好好好，甄姬好看，就要她啦。她这个技能等会儿我演示给你们看。

“Bingo，出杀就是撕×的意思，学得真快。

“这个青龙偃月刀就是你的武器啦，放在这儿，你想跟谁撕，就把你的刀尖位置朝向谁，吓死他。

“现在，他快死了，咱们有个桃，送给他他就死不了，那要不要救他呢？现在我们就要分析他的行为……什么？长得还蛮帅的所以要救……好吧，那先救他一下……”

大概就是这样，他们玩着，我说着，快死了就阻止或者声讨一下向教学者出杀的行为。玩到第三把的时候，已经换成一个姑娘主玩，我和另外一个姑娘观摩指导了。之前互相不认识的大家渐渐熟悉起来后，这个故事的主角开始浮出水面了。

一个坐在我正对面的男生，我们就叫他对面男吧，玩三国杀极其娴熟，基本上某个玩家出一张牌，他就能把其余所有人受到影响后的状态算出来，并且特别喜欢帮人算血，这样的效率，我勉强跟得上，新手姑娘肯定是一头雾水云雾缭绕了。他经常会说这样的话：

“你手上有没有无懈可击或者两个桃，好，那你死了，不会有人帮你出桃的。

“你这过河拆桥用得，唉，先拆马再拆八卦阵啊。

“你还有一轮就死啦，最后一次出牌机会好好把握。

“我出两个南蛮入侵，你死你死你还有一血放心我知道你是自己人，我救你给你桃。乐不思蜀，放你这儿。杀你，死了吧。好，下面你们该知道怎么做了吧嘿嘿嘿。”

在新手姑娘耳中，他这段话听起来肯定是这样的：Задрожало 진달래꽃 Je T’aimerai гялайлаа $CaCO_3\downarrow+H_2O$ हनि्दी或हदिी 嘿嘿嘿。[13]

于是我提出来，你能不能说慢点，或者讲讲计算的过程，毕竟有新手，你可以教教大家嘛。

对面男没有回答我，而是问了我一个问题：“你知道玩三国杀，最重要的是什么吗？”随后自问自答起来：“没错，是节奏。想要推导出一个人真正的身份，需要在连贯的节奏下，前后对比找出他的破绽。”看我们大家都在发愣，他微微一笑，环视全场，说道：“不用想啦，我讲的肯定是对的，因为——”对面男停止了发言，从怀里掏出一个东西，“啪”的一声往桌上一扔。

大家纷纷站起来看过去：三国杀官方认证裁判。

掏证的那一刹那，我仿佛看到了不小心露出衣袖的小当家、睁开了眼睛的沙加和扯掉绷带的飞影。

可是我的朋友私下里跟我说的明明是：“我堂弟比较宅，他父母又催得紧，特别希望他早点儿结婚生子，你要是有合适的姑娘优先帮他撮合撮合，我代表大爷谢谢你了啊。”

哦，对了，对面男还有补刀。“你们意识不到节奏的重要性，是因为你们玩得不专业。但是放心，我会帮你们维持节奏的。”看了看两个姑娘，说道，“建议新手和新手一桌玩，能学得更快。”

所以，有些人单身，是有很符合逻辑的原因以及必然性的；

[13] 意思是说，这段话在新手姑娘听来如同外语般不可理解。

所以，有些人竟然真的就是想来玩三国杀／看电影／吃自助／省房费的；

所以，这个忙我实在是帮不上，寡人做不到啊，就别跟我客气了，不谢你大爷。

第一个故事告诉我们：如果只为让他人对自己的某方面印象深刻，并不一定需要真才实学。

第二个事故告诉我们：不掌握使用的时机和施展的姿势，一技之长并不一定能吸引到姑娘。

如果真想让儿子用钢琴和吉他引起姑娘的注意，选两首能讲出故事来的曲子，找个视频对照着模仿，或者砸点钱报个速成班，点明告诉老师，教会这两首就行，乐理和五线谱与他无关，指法和手型爱咋咋的。一个英语零基础的人，多下功夫研究一段录音，也能让别人以为他是演讲者不同父异母的兄弟。

一个听过你演奏的姑娘站在你旁边看你弹同一首歌勾搭另外一个姑娘，发生的概率是极小的。

如果希望更好地助自己儿子一臂之力，你得搞明白，在用乐器吸引姑娘这个细分领域里，卖萌，吉他不如尤克里里[14]；耍酷，钢琴远远比不上架子鼓；论×格，奥运会开幕式上那把古琴让人看起来仙风道骨活得跟慢动作似的；想炫富，首推超跑排气管咆哮出的乐章。

[14] 尤克里里：夏威夷小吉他，一种四弦拨弦乐器，归属吉他乐器一族。

其实，让小孩自由自在地发展，给他撒欢的童年和兴趣这个老师，使他长大后拥有明媚的笑容和自己专注的小世界，是增加对异性吸引力最好的方法。

家长的干预有时候是带有时代的局限以及主观期盼的，把自己儿子往钢琴家的方向培养，万一他长大后喜欢的是足球呢？

古代
有什么令人
动容的爱情故事？

T h e P r e s e n t

现在的许多爱情故事，要么是明星互相炒作，抱团秀恩爱，要么是鸡毛蒜皮的小事儿偏要闹出巨大的动静，不知道在漫漫历史长河里，有什么令人动容的爱情故事呢？

大三的外教课上，喜欢占女同学便宜的马赛老大爷，给我们讲过这么一个事儿：

在上上个世纪，法国文艺界的大V们[1]经常凑在一起聊天喝茶撸串撕×，其中有一个叫Alfred de Musset[2]的，一眼就看出穿着男装的George Sand[3]其实是女儿身，而且一眼看上了她，并且期盼自己能和她红尘做伴活得潇潇洒洒、策马奔腾共享威尼斯繁华、对红酒当歌唱出心中喜悦、轰轰烈烈把握屈指可数的健康年华。

和他比起来，白娘子的一生简直就是有人在她眼前遮住了帘，忘了掀开。

于是，文采极好的法国浪漫主义作家缪塞先生，因为倾倒于桑小姐的睫毛弯弯眼睛眨眨，便提笔给美丽的她写了一首诗：

Quand je mets a vos pieds un éternel hommage,

Voulez-vous qu'un instant je change de visage ?

Vous avez capturé les sentiments d'un cœur,

Que pour vous adorer forma le créateur.

Je vous chéris, amour, et ma plume en délire,

Couche sur le papier ce que je n'ose dire.

[1] 大V：指在某一领域的重要人物。

[2] 阿尔弗雷德·德·缪塞（1810—1857）：法国著名小说家、诗人、剧作家。

[3] 乔治·桑（1804—1876）：法国巴尔扎克时代最具风情、最另类的小说家。

Avec soin de mes vers lisez les premiers mots,

Vous saurez quel remède apporter à mes maux.

这首诗的意思不重要，重要的是这是一首藏头诗。每一句开头的第一个词连在一起，是一个问句：

Quand voulez-vous que je couche avec vous?

我来给你们翻译一下每个词的意思：

quand = when

voulez = want to

vous = you

que = 疑问代词，不用管它的意思

je = I

couche = sleep

avec = with

vous = 前面说过了，是you的意思。

如果用中文来诠释，这首诗大概就是：

何处相思明月楼，

日暮途远空悲愁。

可怜春色独自赏，
约开莲叶上兰舟。
管急丝繁拍渐稠，
鲍焦一世过心头。
之子逍遥尘世薄，
交梨火枣苦相忧。
——李不怎么白

显然，能够参加思想界海天盛筵的桑小姐，文学造诣和×格也是相当不低的，获得过“最具风情小说家”称号的她，曾经在那个年代就提出open-relationship并身体力行。面对这种勾搭，这个不是没有故事的女同学微微一笑，大笔一挥，回了两句诗：

Cette insigne faveur que votre cœur réclame,
Nuit à ma renommée et répugne à mon âme.

这两句的字面意思是：你对我的示爱有损我的清誉，你真让我觉得恶心。

但：

Cette = this
Nuit = night

简直就是调情界的祖师奶奶，给您长跪不起。

然后他俩就开开心心地为人类文明做贡献去了。

后人为了纪念他们的伟大爱情，写了一首歌叫*Lady Marmalade*[4]，其中最有名的一句就是Voulez-Vous Coucher Avec Moi, Ce Soir?[5]此曲被无数国外歌星以及蔡依林、邓紫棋、王祖蓝、林子祥、杜丽莎，还有韩国的少女时代传唱，张国荣还翻唱了据此改编的粤语歌《热辣辣》。

如今，每每看到幼稚少年给美少女不美少女绿茶少女作少女私信直接发“约吗”，我就会想：一百多年前的Alfred de Musset和George Sand，比你有才华，比你更努力；一百多年前的玛丽·居里，就知道大脑才是最重要的性器官；一百多年前的马克·吐温，苦心研究出世界上第一个胸罩肩带。一百多年后的你，不会写诗不会聊天、见到姑娘就只知道目不转睛地盯着胸和臀、到了床边连单手解胸罩都不会，还成天梦想着遇到一个冷艳轻佻又下贱、痴狂风趣又端庄的姑娘来投怀送抱，你不单身，天理何存？

[4] 美国女子演唱组合拉贝尔组合演唱的一首灵魂乐歌曲。
[5] 法语，意为：今晚你想和我一起睡觉吗？

如何
为女朋友
挑选生日礼物？

T h e P r e s e n t

和女友恋爱三年，每年过生日时都不知道该送她什么，买的礼物她表面上开心接受，但我看得出，她笑得很勉强。女友今年的生日马上就要到了，该怎么做，才能选出一份让她开心又惊喜的生日礼物呢？

礼物的选择，有五层境界，排名分先后：

第〇层：处男审美。送你自己喜欢的东西。

包皮戒指这个梗在现实生活中出现的概率应该不太大，但事先未曾确认对方喜不喜欢就贸然送姑娘LEGO（乐高）星战系列、送女友皇马中国行门票、送同居女友Wii[1]、送老婆诱惑制服情趣内衣、送准岳父岳母《中国老年人防诈骗指南》的还是大有人在的。送她机械键盘，再来小米手环，生日耐克绝版，七夕大威同款。“我喜欢的别人肯定喜欢”这种想法，堪比某人那“我都能接受的理由糊弄别人肯定没问题”的智商，用在男女交往方面，简直惨不忍睹惨绝人寰。送此类礼物的效果是睹物思人，看到这么个破玩意儿搁在这儿就会想到有这么二的一个男人杵在或曾经杵在那儿。

当然，送出这些个姑娘不喜欢，自己却垂涎已久的礼物，也不是一无是处：倘若对方没跟你分手，说明是真看上了你这个人；倘若对方连抱怨都没有一句，说明是真看上了你这个人的钱。

第一层：直男审美。送大众普遍认为姑娘应该喜欢的东西。

萌的、有创意的、精致的、有×格的、毛茸茸的、有质感的，都是大家经常送的。如果你跟姑娘认识的时间不短了，对方的喜好你还一条都说不出来，就在那些礼物里照着预算随便挑一个吧。

我在豆瓣淘宝良仓也有自己的礼物list（列表），但这第一层次并

[1] Wii：日本任天堂公司所推出的第5代家用游戏机。

非什么好的选择，属于五香鸡肋，聊胜于无的无奈之举，这儿就不公开给大家看了。

第二层：技男审美。送亲手DIY的独一份儿的花心思花时间的礼物。

技男不是妓男，是专指有一技之长的男人。字写得好的手写一本配图童话、玩摄影的DIY一本她的专辑相册、会编程的写个姑娘+大白的网页、擅长视频剪辑的来一发国内外电影“我爱你”或者“什么叫作爱”的合辑、体力好的在地图上跑出个姑娘的名字等。生活大爆炸里霍华德先后送过伯纳黛特一颗上过太空的星星和那首独一无二的*If I Didn't Have You*（《如果我没有你》），就是此类礼物最典型的代表。

至于送过之后会不会只感动了自己或者姑娘泪眼婆娑十动然拒[2]，那就得看送礼者其他方面的条件了。

第三层：宅男审美。送她提及过的喜欢的东西。

都已经是你的女朋友了，你还不知道该送她什么，可见平时她说话的时候，你是有多么心不在焉。走心地倾听这技巧想让你一下子学会实属不易，那我们就发挥一下宅男好钻研的特长，来走个捷径吧：送礼前去姑娘的朋友圈、微博、豆瓣、知乎回答&关注、同你的聊天记录里好好找一找搜一搜看一看，那些她赞过的夸过的表

[2] 十动然拒：网络新词，“十分感动，然后拒绝了他”的缩略形式。

示羡慕过的感叹过好贵的甚至仅仅是转给你看过都没有任何评价的。用名称搜索或者以图搜图的方式找到卖家，赶紧快递到自己家来。至于到了生日那天怎么送，慢慢往后看吧。

有次和一姑娘去某家台湾餐厅吃饭，席间她被一只盛甜点的柳叶状盘子给惊艳到了，表示“这形状太有特色”并感叹“要是能在家里用这个装自制曲奇招待客人多好”，还拿出手机对着空盘子拍照。结账的时候我边掏钱边问服务员这盘子怎么卖，服务员表示先生你好我们没卖过这个这是非卖品是不能卖的，于是我叫来了餐厅经理。这个时候姑娘肯定会假装客气一下表示不要啦这太麻烦了这不太好吧之类的，对她微笑一下转头看向经理过来的方向就好咯。经理客气地表示这盘子50元一个，我掏了52元，让经理帮我拿下去洗干净擦亮再用两个打包盒给我包好。从餐厅出来的时候姑娘开心拎着小臂长的袋子，乐呵得眉毛跟这盘子的形状一模一样。50元买个盘子贵不贵？当然贵。50元送个礼物贵不贵？一点儿也不贵。50元换来一个让姑娘心满意足心花怒放开心得合不拢嘴的礼物呢？简直是太便宜了。

到了这个投其所好的第三层次，姑娘在收礼物的时候，才会既感觉得了一份礼物同时也感受到你对她的用心，你所送出的也才真正算得上是一份礼物。

第四层：暖男审美。送她偶尔提及喜欢并能引发对美好童年回忆的东西。

这是第三层的升级版。到了这一层，仅仅研究那些公开场合人皆可查的信息此刻已经不够用了，你必须用心抓住为数不多的接触机会，找到姑娘平时交谈中无意提到的喜好。提及的次数越少提到的时候越随意，你送出这份礼物后的效果越好。

《老友记》里罗斯送给瑞秋一个他俩逛古董店时瑞秋看到的“The pin my grandma had when I was a little girl[3]”，就让瑞秋连连惊呼：“Oh my God! He remembered! I can’t believe he remembered![4]”；《老爸老妈的浪漫史》里马修送给丽莉的迷你烤箱；《初恋五十次》里亨利·罗斯给露西闻自己手上的鱼腥味儿；《功夫》的最后周星驰拿出了那个巨型棒棒糖，都是一样的道理。

让一个男人爱上你，要保护他心中的小男孩；让一个女人心中升起对你纯粹的爱意，一样需要握起她心中那位小姑娘的手。所以，当一个姑娘开始娓娓道来自己从前的经历时，你就要认真地竖起耳朵啦。

第五层：雌雄同体的产品经理，送姑娘一份超乎预期的惊喜。

有一次，跟一个姑娘一起起床。9点，酒店房间门响起，花店送来一束她最喜欢的郁金香；9点半，房间门响起，礼宾部扛来租借好的投影仪，调试好，直接开始播放她最喜欢的《真爱至上》；10点半，房间门响起，巷子里收过来回打车费的王师傅他老婆送

[3] 意为：当我还是个小女孩的时候，我奶奶用过的一枚扣针。

[4] 意为：天哪，他记得！简直不敢相信他记得！

来了她最爱吃的豆汁儿配焦圈，只有一份，这东西我实在是咽不下去。

有一次，一个喜欢户外拍照又喜欢室内玩乐高的姑娘乔迁新居，我用photoshop把她引以为傲的一张摆拍处理成马赛克，然后按照每一格的颜色去买了相应的乐高1×1光面板和许多底板，拼成一幅共计三层的画送给了她。后来姑娘自己买了房，这礼物跟着她一起搬到了卧室床前。

有一次，一个特别不喜欢雨天的姑娘经过深思熟虑终于要跳槽去一个雨水多多的城市，我送了她一把星空伞、一把洋葱伞、一把水母乐园伞、一把油纸伞和一把Senz雨伞[5]。此后一下雨，姑娘就开心地琢磨，今儿打哪一把出去嘚瑟呢？

有一次，姑娘说了一句“民间传闻洞房花烛燃到天明夫妻即可白头偕老”，陈建斌就变本加厉地备齐了全套民间习俗，还在皇宫里撒了一把红枣花生桂圆莲子，害得嬛嬛没头没脑真爱了几十集。

惊喜这东西，没什么固定的模式，和惊吓也只有一墙之隔，不太好归纳总结。先把前面四个层次用熟了，第五层自然就融会贯通啦。

[5] Senz雨伞：2012年由荷兰设计师设计的一种非对称性小伞。

上面说的是送什么，下面说怎么送。

Tip1：不要把礼物当恩赐，送得越轻描淡写越随意越好。送礼物最好的timing是点完餐等菜时，其次是make out之后。

Tip2：情商不够不要玩欲扬先抑，先送个傻傻的礼物让对方失望一下再拿出一个更傻的。

Tip3：没有100%的把握，不要在大庭广众之下借舆论的胁迫逼着对方收礼。送礼是这样，求婚亦如此。

最后，少看网上那些推荐礼物的文章，里面不是软广就是特别硬的软广，自己用心去找，Just be youself。

经常和猫对话，我是不是有神经病？

T h e   P r e s e n t

当和猫单独待在家的时候，我会经常和它对话，比如煮面时候问香不香、便便的时候问臭不臭等，它也会“喵喵喵”地回应我，然后我就继续和它聊起其他事情来，我这样是不是有神经病啊？

上大学时，有个关系不错的女性朋友，之所以关系不错还仅仅是朋友，大概因为她长得不是太好看。她说，宿舍的其他女生都有交往对象了，自己20岁还不知道恋爱是什么感觉。我说，那我帮你找个男友吧。

我给她在新图书馆侧面的孔子像后，选了棵树。

她说既然这是你给我介绍的男朋友，那他总得有个名字吧，我说，他叫树。

她说，哪儿有叫树的树，这算什么名字。我说，给一棵树起名字，最独一无二不会撞名的，就是树。别的树被叫作树，说的是种类，而大家喊你男友树的时候，说的是名字，英文名是Sue（休）。

现在想起来，当年真是二×得流血，文艺装得足够判宫刑。

之后，虽然我大学四年几乎没怎么去过图书馆，无奈学校太小，偶尔，还是会看到她站在树旁边，一手搭在树身上，凯兰崔尔对甘道夫的那种搭法，嘴巴一张一合一嘁一咧地说着什么，树的形象也变得如米斯兰达一样高大正经了起来。一般我都会等她絮叨完，再打声招呼叫上一起吃食堂。

她告诉我，学习累了、又在食堂吃出小小强了、来大姨妈肚子疼、闺密被骗了受伤了、被闺密骗了受伤了、饭卡丢了、热水瓶不见了、小卖部老爷爷钱找错自己主动找回了、逢年过节有好消息或者no news is good news[1]等，她都会去对树说，听取他的意见和宽慰，平稳心态、直面困难、解决问题。

[1] 意为：没有消息就是好消息。

大三冬天，她给树系上过一条不知道哪里弄来的围巾，为了配合她的情绪，我还走过去拍拍树的腰身，说，嘿，哥们儿这样你就不用怕今年的第一场雪啦，然后还胡背了一篇汪国真的有女友围巾的时候冬也是春的文章。

虽然我从来没有如她一样真正把树当成个人看待，但有次我在树下和别的姑娘耳鬓厮磨后，还是没告诉她。我不是故意亵渎或者教坏别人的男友，只是这儿几乎是我们这个小校园里唯一可以户外谈人生的地儿。

毕业后偶尔回学校，我还会去看看她的前男友。

她现在孩子都会跑了，虽然很少秀恩爱，但看她的笑容，感觉婚姻还是很幸福的。比那些颜值比她高得多、做作到一大把年龄自己当年瞧不上的男人早都已经瞧不上自己、一边愁嫁一边转发嫁人就得嫁何以琛、“也没什么要求看着顺眼就行”的姑娘要开心得多。我觉得其中，树，功不可没。

所以，这不是神经病，是理想。

互相喜欢的人明知不可能有结果，要在一起吗？

PROBLEM

A　N　S　W　E　R

如果5分钟后她必须进安检，如果安检在10米之外，那意味着，你们可以亲吻4分50秒。

为什么同样
描写上流社会，
《红楼梦》
就是文学名著，
《小时代》
则被认定为拜金
主义的宣言？

P R O B L E M

A N S W E R

区别在于文笔和眼界。曹雪芹写小时代，一样是鸿篇巨制。郭敬明写红楼梦，还不是隔靴搔痒。而且，他根本熬不到写完红楼梦，就会因为名字而被诛九族的。

不上网，我们会缺少什么？又会获得什么？

PROBLEM

A N S W E R

不上网，在这个绝大部分信息本身已经不值钱、大部分信息可以通过公开渠道免费获取、垃圾信息呈几何级数增长、大家普遍把时间花在筛选信息的年代，你把时间用在寻找信息上。

婚外情究竟
是怎么产生的？

T h e P r e s e n t

经常听到身边的人婚后出轨，分居、离婚的人越来越多，请问，婚外情究竟是怎么产生的呢？

一个不太奇葩的人，个人情感发展一般会依次经历这么几个阶段：

阶段1：对异性产生与性无关的好奇。

阶段2：对性产生好奇。

阶段3：对异性产生与性有关的好感。

阶段4：对异性产生自以为是爱情其实仅仅是与性有关的好感。

阶段5：对性产生依赖。

阶段6：对性习以为常。

阶段7：知道怎样去爱一个人。

阶段8：知道怎样好好对待一个人。

阶段9：知道怎样爱自己。

阶段10：知道怎样善待自己。

阶段11：知道怎样的感情是既能悦己也能愉悦他人的。

阶段12：明白自己到底需要怎样的伴侣。

不同的人经历每个阶段，时间长短各有不同，有的人在很年轻的时候就知道怎样爱自己，有的人在生命的大部分时间，都在追求让自己产生依赖的性。

还没达到阶段6的人，很容易卷入各种狗血的劈腿事件。

在达到阶段6之前就结婚的人身上，更容易滋生出破坏力巨大的婚外情。

女人
如何提高
自己的吸引力？

T h e P r e s e n t

我是普通意义上的好学生，事业心强，喜欢思考，之前有一段多年的感情，最后以分手告终，之后我就一直挺不自信的。我觉得自己学业事业不错，但是缺少女性魅力，颜值中等，据朋友说，气质不错，不胖，但身材也不火辣，去酒吧一类的地方容易放不开。我是理科生，读书的时候男性朋友很多，却很容易变成普通朋友而不是男女朋友，经常会被评价为女强人。请问，该怎样提高自己的吸引力呢？

女人的吸引力，可以来自很多方面。

有一张精致的脸庞，我自然想看看这副五官组成的极致扭曲高潮脸是怎样的一番景象；

有S形而非小S形的身段，我自然想用手掌鼻尖去丈量她的前凸后翘；

有一头乌黑亮丽的大波浪，我自然想感受用手一点点拨开秀发时一寸寸绽放在她脸庞上的惊艳；

有马甲线，我自然想在沟壑里涂满酸奶，混合着沿锁骨倒下的红酒，一起享用；

性格好，我与她一起烹饪；

谈吐好，我和她共进晚餐；

活儿好，来来来，咱们一鼓作气再而high三而同时到底切磋一下；

脑子快，那切磋完后，咱还能一起商量商量合伙赚点儿钱的事儿。

以上这些都叫作吸引力，你问的貌似也是如何提高吸引力。但要知道，你在洞如兔窟的白衣服里穿个大红的bra，媚俗值和吸引力一起上升的同时，公交地铁上的叔叔伯伯们也会像香飘飘奶茶围地球一样绕着你呢。

可这里三层外三层，应该不是你想要的吧，烂桃花亭亭如盖，只会挡住你的一身明亮。

我以为，你更需要的，是提高自身的魅力，而非一味去拉近他人和自己的距离。

认识很多大龄未婚女，其中的一部分，是在人生的任何阶段，想嫁谁谁家都是虚位以待恭迎大驾的；另外一部分，是在人生的任何年龄段，都不太好嫁的。

不太好嫁的原因各有千秋争奇斗艳，有的做作有的挑有的逃有的躁，但她们有一个共同点：笑起来，不太好看。

这就是个很倒霉的恶性循环了：男人对她好，哄她开心，逗她笑了，她笑起来却还不如不笑的时候好看，于是越来越少有男人想逗她开心，于是她越来越自卑，笑起来越来越不自然，于是，慢慢就没有男人想对她好，慢慢地，她身边，就没有男人了。

看到精灵、矮人、人类、半兽人、霍比特、树人、巫师和戒灵的大军密密麻麻整整齐齐的列队，你站在北京西站高高的城墙上会心一笑，目睹了这一幕的所有生物都哭了，你看周幽王会不会一刀砍了你的脑袋祭春运。

笑得美艳，封你莞嫔；笑得难看，咧嘴丧命。笑得神秘，把你搁卢浮宫里；笑得抽搐，拿你做暴走表情。

笑容，最能体现一个女人的魅力。而发自内心的笑容，是没法儿模仿、学习、整容和假装的。

你为自己而活，为自己的开心而化妆、尝试新的搭配、运动、调戏男人，你的笑容就是自然而动人的；你为了男人而学化妆、学穿衣服、健身、学习flirtation（调情），你笑起来，就总会差那么点儿火候。

把能否吸引他人作为标杆而改变行为的女人，是拿自己的某一部分去引诱他人，吸引力终究是有限的，力衰而爱弛，爱弛则恩绝；知道自己到底要什么，一切为了自己过得更舒心的女人，是在创造一个以自己为中心的小宇宙，即使不算上那些被她吸引而来的其他小宇宙，她也是包罗万象的。

至于吸引来那些高质量的男人，顺带手的事儿。

悦己的女人，笑起来，最有魅力。

女追男，怎么办？

T h e P r e s e n t

女生如果喜欢男生的话，只能默默等男生来追求自己吗？这多被动啊。女生要主动追男生的话，应该注意些什么呢？

作为一个不爱去酒吧夜店的人，下面说的，仅仅是在日常学习工作娱乐中女追男的方法。

概括说来，一个原则，三个步骤。

一个原则：不要追，要吸引。

在绝大多数超越普通朋友的男女关系里，男性都处于追求献殷勤的主动位置。长得帅的多笑笑、有钱的买包、会说话的往死里夸、肯花时间的送感冒药等洗澡道晚安，辅之以不要脸的“只要不报警就继续表白”战术和更加不要脸的“高暖度、广撒网、缓称王”战略，条件再差的也能碰到一两个海伦·凯勒。

这样的大环境下，一个当惯了乙方的男性，如果突然被示好被表白被追求，就如同翻了身的农奴，第一反应不是去地主家抢肉吃抢酒喝抢女人睡，而是先跷着二郎腿坐上太师椅指挥地主婆跪着给自己端茶倒水再找个机会甩两巴掌，不求实惠只求先过把瘾：

被一个姑娘暗示/表白，男人的第一反应是哎哟我还有这么一天呢？马上思考自己到底是最近书读多了肉吃勤了换发型了英语成绩提高了还是其他什么原因让自己魅力值爆表了，然后扬扬得意地捋了捋几天没洗的头发，神清气爽地打游戏去啦。

被一个长相还行的姑娘暗示/表白，男人的第一反应是哎哟这事儿我得对上铺那谁发小那谁还有那女谁说啊你看我也是有人追的。然后一定会对你表示不同意交往拉长被示好的战线，背后跟上铺那谁发小那谁还有那女谁说哥不是谁来我都要的哥是有品位的人你看人家那么对我我还不怎么搭理她我这么对你你怎么就能如此对待受欢迎的我呢?

被一个身材还行的姑娘暗示/表白，男人的第一反应是哎哟这胸不比宿舍某某的女友小呀，你就一小A[1]天天摸来摸去也摸不成A+我这一来就是一个香奈儿送到床边哥都不带正眼瞧的你看哥厉害不。然后一定会对你表示咱们现在还年轻要以学业或事业为重，匈奴未灭何以成家，不过如果你想提前体会一下夫妻生活我还是很愿意帮你这个忙的。在你自付房费千里送×后，对方直奔宿舍拿出刚才偷拍的照片往室友面前一搁，默默走向阳台，等大家都围上来问细节，他猛吸一口，望着天边残月缓缓吐着烟圈:“不就是个女人吗，都——那——样——”

所以呢，面对男人，哪怕是事先对你有好感的男人，你一主动，就立马变成对方炫耀的资本和找心理平衡的玩物了。如果你不是先入为主地成为对方的女神，表白就是掉价神器，直接让你在对方心中的排名噌噌地往下坠。

你要说了，那我的男神，就是好多人喜欢很多人追啊，不追不就让给别人啦?

姑娘，要明白，世间本无男神，你看一个人的角度，决定了对方对你的态度。非要把一个人当神像一样供起来，那供奉的水果有虫眼对方都得挑你的理。反过来你让他每天当牛做马每个月月底上交上个月的工资，逢年过节给个烂月饼他都会千恩万谢。哪儿有什么男神，在他想得而得不到的女人面前，他比你对他的

[1] A：此处指女性胸衣号码，表示胸部大小。

卑微还要没底线。

所以，女生主动追，结果很悲摧，想要成功得手，只能靠吸引。那如何吸引一个男人追你并最终得手呢？

三个步骤：捡钥匙、摇钥匙、收礼物。

什么场景下是向一个男人展现你妙曼身姿的最佳时刻呢？排第一的答案自然是女上位的时候，紧随其后的就是捡钥匙[2]：挺直上半身绷紧自己的腿，膝盖微微向后，臀部尽量向后上方，弯腰俯身用拈花指或天山折梅手拾起地上“不小心”掉落的物品，动作，尽量，要慢一些，再慢一些。

只需要一次，他就会在日后的接触中更多地关注你、更多地帮助你、更多地关心你、更多地制造机会接触你，用各种理由来搪塞别人不要瞎想、用各种借口来说服自己这就是缘分这才是真爱啊。其实，哪里有什么真爱假爱，欲望和感情，精虫上脑的男人傻傻分不清楚而已。

For各位精壮男青年：姑娘对你有好感，不管是想和你恋爱还是只想睡睡你，都会尽量展现自己的身体魅力。如果在你面前捡钥匙的时候姑娘弓腰屈膝，采取基本就是和男人一样蹲下的姿势，那说明她真的只是把你当普通同事或者朋友；如果她面对你的时候一手捂住自己的领口，一手用大力金刚指法迅速地伸向地上的煎饼，那说明她相当作，且对你没有丝毫兴趣。

[2] 钥匙代表一切你可以弯腰捡起来的东西。

捡钥匙代表一切在日常学习工作娱乐中能让男人对你产生非分之想的媚力十足的行为，和恶俗的卖弄风骚是有本质区别的。微微皱眉用舌头舔掉嘴角的饭粒，是媚；伸出舌头舔甜筒，是俗。唱K的时候轻微地晃动身体歪着嘴微笑，是媚；把麦克架当钢管，是俗。舒适的胸衣加上低胸装，大方地展示自己的锁骨和一字型浅沟，是媚；内衣颜色比外衣深，白衬衣配合大红大紫的bra，是俗。一起加班的时候打电话给team（团队）订外卖，且当众对着电话嘱咐你那一份不要放香菜，是媚；天天自己在家做好了饭非要逼着你中午吃她的爱心便当，连俗都算不上，这是赤裸裸的无望的主动追求。

低俗的卖弄当然也能让你身边聚集越来越多的异性，但我相信相比嗡嗡嗡的烂桃花，你更希望自己是能吸引蜂王的花蜜，那么，多练习练习捡钥匙，让一个男人对你从陌路到产生兴趣，不要展现你的琴棋书画，不要展示你的煎炒烹炸，不要述说你的三从四德，不要显摆你的勤俭持家，第一步得让他对你产生性趣。

第二步就要通过摇钥匙来助长他的野心啦。

摇钥匙的典故来自欧洲，一家一户门口都有一小段台阶和一个围栏，女方如果期盼first kiss（初吻）或者你进屋，在男方绅士地送她到家门口的台阶上后，她会拿着钥匙不停摆弄，就是不开门，来表达/暗示自己希望有更多的事情发生。在今天的社会里，摇钥匙代表一切到了正常的男女关系该say bye（说再见）的时候，女方迟迟不提离开或不离开的行为。

共进晚餐到了八点，你表示要再点个甜点或者问男生平时晚上都干吗呀；会议结束，大家都散了，你还在和他讨论着某个问题；

一起散步到小区门口，你凝视他超过一秒并继续说着小废话而不是转身进去。这些细节都在向对方暗示着，你不想此刻就各回各家各找各妈，你希望有更多的活动和更深入的接触。

如果对方经验不足脸红不止、如果对方木讷得从幼儿园开始就读的理科班最终当上了程序员、如果对方是聊天终结者说什么批什么你却还就喜欢这一类的非他不嫁、如果对方特别纠结地看表因为要早点儿回家陪妈妈却又更想陪你而你也信心十足地要挑战一下这个小小母系氏族的绝对权威，唯一的方法就是，加大摇钥匙的幅度，进一步暗示："你平时晚上都喜欢干吗？咱们等会儿一起去喝杯咖啡还是喝点儿酒？""会议室要关了，咱们回去聊吧，去你那儿还是去我房间？""大门到我家一条路特别黑还没灯，你陪我走吧。"

这一切暗示暗示再暗示的前提都是通过捡钥匙，已经让对方产生了对你的性趣，只是因为个性或者自信程度的原因，需要你不同层次的暗示和明示而已。切莫还没提起对方性趣就鼓励男方追你对方不主动你还反问你的胆子怎么那么小啊，一切不问有没有就问大不大的提问，都是耍流氓。

For各位精壮男青年：以上细节不代表姑娘是个吃货是个工作狂人是个路痴，只代表一点，你该行动了。具体怎么办，你们自己发挥，我只说共同的第一步：强吻。很多男生主动强吻都是在自己错过N次机会N个姑娘终于鼓起勇气的时候，这简直就是作死，谁告诉你强吻的时机是看男方的心理有没有准备好？强吻成功与否靠的不是力量（那叫强奸）而是时机，女方准备好了的时机，也就是我上面提到的时机。在这些时刻强吻，姑娘可能会迎上来可能会害羞地躲避（那就继续用你的唇找到她的唇）可能会紧紧抱住你可能会双手不知所措地放在身体两边，这只是不同性格姑娘的不同表现，但是我敢保证，她们一定不会拒绝没有口臭和狐臭的你。因为，信号是她们发出的，你只是破解了并忠实地去执行。

让一个对你有好感的男人勇敢地表达对你的爱慕，你需要摇起手中的小钥匙，给他一点点暗示和些许的鼓励。

好了，你让他兴趣盎然，你让他在你的唇间舌尖策马扬鞭，下一步，该来收网控制节奏了：收礼物。收的不是他的礼物，而是其他人的礼物。

为什么在朋友圈里通过秀自拍来秀旅游照秀包包秀礼物秀party的女人被很多男人称为绿茶婊呢？因为对于这些男人来说，旅行包包礼物party这些，既不是自己给这个女人的，也不是自己目前有能力给这个女人的，并且将来花得起钱的时候自己也是不舍得给这个女人的。也就是说，在昨天今天明天这三个时间维度上，自己和这个女人都是无缘共枕眠的，既然没有任何可能性，还不如表现一下自己的高风亮节，啐一口“绿茶婊”，告知天下“你这样的女人给老子老子都不上”。

当然，这些女人也不是很在意你是啐她还是爱她，别烦她就好，她在意的是：能否用别人的礼物代表的关爱，来刺激那个她真正想得到关爱的人的注意。

和他的微信里：“晚上一起吃饭吧？”“听说@#￥特好吃，我也正想跟你说呢，不过今天有约了，改天吧。”

办公室里："×××你的快递。""哇，好漂亮的花啊，一定是男友送的吧？""哪有，我还单身呢（幸福地浅笑）。"

朋友圈里：刚聊到北京的空气不好，就从美国给我带过来&*%净化仪。这样的男人还单着简直是暴殄天物，姐妹们赶紧上啊。

当着他的面接电话："好的，好的，好啦，先不说啦，现在不方便，嗯，先挂啦，晚上再打。"

其实呢，晚上要陪奶奶过生日、花是托闺密买的、净化仪确实是美国带过来的代购费贵死啦、闺密个浑蛋非要现在八卦我和他的进展当然得掐掉晚上再说啦。

但不知就里的男方看过之后会怎么反应？

明明昨天还在我怀里像被征服的小猫一样温顺的姑娘，竟然还不是完全属于我的！自尊何在？顶天立地的男子汉面子何在？原来竞争还没结束呢老子险些连鞋都脱了扔向观众席啦！还有人在我前面呢我勒个去！不行，老子不答应我要让你们知道是我的一定要给我还回来！

于是，在你面前风流倜傥来去自如还只是把你当一个选择打算再观察观察的这个男人，以为已然得手打算家里红旗不倒正准备去外面找彩旗的这个男人，追的时候有多用心追到后就有多怠慢的这个男人，开始了工作如奶牛一般吃尽杂草产出鲜奶攒钱给你买戒指、恋爱如犀牛一般为你做一个男人所能做的一切、床上如黄牛一般把自己耕坏耕死也要坚持到最后一刻的生活。

For各位精壮男青年：判断一个姑娘对你动没动真心，就看她是否专注于你俩在一起的时候。她对你的倾听、她对你的体贴、她看你的眼神、她每次见你的装扮，你自己用心感受啦。不要在乎外界的竞争和她给你的名分（好多男人竟然要名分简直是蠢得给跪），一个没其他人追的女人，对你无感，那是宁愿出家也不会出嫁到你家；一个有男友的女人，倾心于你的那一刻男友就已经是ex了只是还没有书面通知；一个心里有你的女人，结婚生子两次也会再离了跟小11岁的你重新恋爱；一个不知道看上你哪一点反正就是看上了的女人，你大她54岁她一样和你几度夕阳红；一个愿意让你吃醋的女人，不要用你直男癌硬邦邦的思维拆穿她，按照她的期盼对她更好一些，就是啦。

让一个对你有爱慕之情的男人升级到对你爱得死去活来，唯有添醋加醋。

要不要为了迎合喜欢的人的审美而改变自己？

T h e P r e s e n t

我喜欢的男生喜欢活泼开朗的女生，我却比较闷，不太会说话，思维也不是很灵活，很难想到一些新花样。但是我很喜欢他，所以我尝试过变得逗×一点儿，成效不是很显著。我想，想恋爱就是应该花点儿心思的，不是吗？况且，自己变得活泼开朗了，应该生活也会更快乐吧！可是又有人说，不能在爱情的世界里迷失自我，那么，到底要不要为了喜欢的人而去改变自己呢?

你会错过那些喜欢本来的你的男人。

你为之改变的男人慢慢发现你的本质是他并不喜欢的于是渐渐远离你。

你改来改去，想做回自己已不够纯粹，想重获新生终究是仿品。最终，在左右为难和一个个不怎么合适的男人之间，消耗着时光，虚度了年华。

能跟
文艺男青年
谈恋爱吗？

T h e P r e s e n t

文艺男青年一般都比较浪漫，却又不够专一，我不喜欢闷闷的不会说话的男生，但又害怕男友出轨。很苦恼，到底要不要和文艺男青年恋爱呢？

最容易碰到所谓渣男的姑娘，就是听了别人口中的渣男故事而在恋爱中犹豫不决进退两难斤斤计较得失寸步不能吃亏，却忽略了为自己享受爱情的姑娘。

对方身上但凡潜伏着一丝渣男基因，都会被你一点点激发成燎原大火。

两性关系里，女人看重的究竟是什么？

T h e P r e s e n t

认识一个渣男，经常换女朋友，同时身边却有很多优秀的老实的男生一直单身。不是很明白，这些女生到底是怎么想的，她们在挑选交往对象的时候到底看重的是什么呢？

姑娘被骗，在绝大部分情况下，是因为男人有意识地去撒谎。

男人撒谎，在绝大部分情况下，是因为他觉得骗骗就能过关。

选择欺骗，在绝大部分情况下，是因为这个男人心里认为女性就是低一级的存在，自己只需哄骗敷衍就足以让她们心服口服百依百顺，没必要正襟危坐严肃而平等地去对待她们。

大部分男人，真的一直都是这样做的。

当然，他们中间有些人至今还没意识到，有些人则死不承认。

在这个大部分竞争对手纷纷拔刀自残的血腥而美好的大环境下，其实只要做到一点，就可以得到姑娘们成群结队的青睐：发自内心地尊重女性，当面一个样，背着她们的面，还是这个样。

迷恋处女，你就去找处女，这世界上处女多了。心里明明想要得到第一次，却扭扭捏捏地说什么虽然你不是处女但是我对你是真爱所以我接受这个事实，听闻女友跟别人发生过关系又表示实在接受不了，你以为破处的过程是在无菌实验室里用小胶棍捅一下然后止血就完事儿了吗?

喜欢睡姑娘又不想恋爱，你就大大方方告诉对方，我不找女友，近几年也不会结婚，你要是觉得跟我在一起开心那咱们就好好开心，你要是接受不了这种关系那抱歉咱们以后有缘再见。不想找男友只想约会的姑娘多了，追求一致的，happy起来也更痛快不用瞻前顾后啊。你偏偏要假装爱对方，诱使对方动了真情，以男友的身份骗了几炮就要跑，那也就莫怪别人一哭二闹三上吊了。

是个妈宝，就老老实实承认，爱和婆婆住一起不想操闲心你让我干吗我就干吗不用动脑子过得多开心的姑娘多了。怕女友和自己分手在女友面前拍胸脯表示肯定先救你，为了哄老妈开心在亲妈面前大嘴一撇：我媳妇儿当然一切都听我的，我指东她不敢往西，敢说半个不字你看我怎么收拾她——你，才是你们家婆媳危机里最大的毒瘤。

大男子主义，你就提前告之，我就是觉得男的该如何如何如何，女的得怎样怎样，你要是接受不了咱们就不要浪费时间继续接触下去。崇拜大男子主义的女人多了，找出一个来你做大大的开心，她当小小的欢喜，婚姻多和谐。婚前假装温柔体贴处处顺着对方，一办完酒席就开始暴露本性对方不服你抬手就打，英语说得再溜，有个毛用。

平等地对待每一个姑娘，用平常心直面自己的欲望和需求，别撒谎，别扯淡，别昧着良心，找得到你去找，找不到就回家来好好提高自己再出去找，不要打着真爱、孝顺的旗号，勉强了自己消耗着别人。

听过这么个事儿，有个师兄，曾经是师弟女友单身时的约P对象，听闻师弟和女友恋爱后，发信息告诉师弟说他俩曾经的P友关系，表示她的过去经历不单纯，并表示看师弟太老实怕他被骗于是告诉他。我说师兄是个渣，有人却不明白渣在哪儿。其实这师兄渣就渣在，表面一套，背地里又是一套。

如果有一个不认可约P行为的人，知道某某的女友曾经如此且某某一直被蒙在鼓里，义愤填膺地去告发或者语重心长地去安慰顺便告发，行为对错不论，最起码，他一直坚守着自己的价值观。

倘若是一个认可此行为的人，看到自己的处男师弟和曾经的P友恋爱了，就该多跟师弟聊聊那个炮火漫天的世界，万一以后哪天师弟知道事情的真相了，今天说的这些话能让他少受点儿打击，更快恢复理性去做决定。

可你一个认可此行为的，睡过后表示有过如此行为的姑娘是不单纯的姑娘这种女友不能要啊不能要，敢问这位湿兄，你约之前也是用这些个词汇去跟姑娘求欢的吗？

约前卑躬屈膝像条狗，约后大义凛然骂人不自爱，渣得空前绝后。

约前花言巧语骗姑娘，约后用我这还不是为你好哄师弟，渣得晶莹剔透。

有人问我为什么老是反PUA[1]，我说其实他们跟我完全没有利益冲突，往日无冤近日无仇的，只是我这样一个事先说得清清楚楚明明白白再和三观一致的姑娘约会的人，对他们那些靠欺骗哄人宽衣解带，事后拿着姑娘裸照四处炫耀还觍着脸招生的人，由衷地看不起。

和姑娘聊天时，他们装成一个人，对屌丝学员们进行所谓的授课时，他们扮成完全不同的另外一个人，这和那个渣师兄的行径，

[1] PUA：Pickup Artists 的简称，即“把妹达人”“搭讪艺术家”，随着泡学文化（泡学是包括了很多方面技术与艺术的综合学科，如：搭讪、吸引、约会、诱惑、恋爱、婚姻、社交等等。其中每个专门的学问都可以独立成一个子学科，例如搭讪学、约会学、恋爱学、吸引学等）的变迁和进步，PUA的定义已经从简单的搭讪扩展到了整个吸引流程，主要包括：搭讪（认识）、吸引、建立舒适和联系、发生亲密关系。

不是一模一样嘛。

当然，他们其中的有些人，也知道PUA这几个字的名声已经臭大街了，于是大声嚷嚷我其实不是PUA啊，我是搭讪师、教练、顾问、研究者、情感达人、实战专家、魅力导师、形象工程师。但只要你拿着姑娘的隐私添油加醋夸大其词去骗那些已经相当可怜的宅男的钱，将本就不敢迈出情感路上第一步的他们引向歧途，你们的本质就是一样的。

你说，我一个博士生，跟着导师在实验室里好好地吃着火锅做着研究，突然跑进来几个小学生，吵吵闹闹地表示要带领大家探索科学的终极揭示宇宙的真相，还准备擦掉满黑板的推导公式歪歪斜斜写上自己的名字，手中刚好握着一瓶硫酸的我，能忍住不朝他们扔过去吗？

不能。

大家不要误会，我不是针对谁，我是说他们，都是垃圾。

所以，在两性关系里，女性最看重的点到底是什么呢？

东北话叫敞亮、北京话叫局气、湖北话叫要拉、湖南话叫撩瞥、四川话叫不扯谎瞭白，普通话叫，爱要坦荡荡。

在这个前提下，我们看到的，才是一个真实的男人，其余那些，都是蹩脚的演员。

不管是38元一盘，还是38元一个，是10元一斤，还是10元一两，只要货真价实，明码标价，就一定会有人吃得心满意足、赞不绝口。

两性关系里，男人看重的到底是什么？

T h e P r e s e n t

我上个月刚刚被甩，之前交往过三个男朋友，现在真的很困惑，不明白男人到底在想什么，在交往的时候，男人看重的到底是什么？怎么做一个让男人喜欢的女人？

在男人眼里，女人有三层魅力。

开门见山的第一层，自然是性吸引力。

有的男人爱瓜子脸，有的男人爱婆娑眼，有的男人喜欢让衣摆沾不到小腹的胸脯，有的男人迷恋可以在上面摆一桌麻将的三里臀，有的男人好锁骨，有的君王好腰窝。

行走世间，男人们一旦搜索到切中自己G点（兴奋点）的画面，要么一直盯着目光如炬恨不得锯开对方所有衣衫，要么直视前方故作淡定和落枕，实则在心里默默窥探。片刻之后脑子里就浮现出对方一丝不挂或身穿一分裤、齐×小短裙、完全不护胸的铠甲、天使之翼、曼联球袜、不知火舞的和服、春丽的和服、七濑恋的护士服、克利奥帕特拉套装的各种场景。

而后，胆小的会脸红，猥琐的咽口水，虚的一下喷鼻血，自信的一脸邪笑。

这本无可厚非，但许多男人不愿意承认自己的见色眼开，他们会用“好感”“眼缘”“一见钟情”“遇到你之前我没想过结婚遇到你之后我没想过娶别人”来掩饰。

其实，性欲而已。

想让一位男士对你有兴趣，首先得让他对你产生性趣。

如果脸确实不那么好看，就认真分析自己五官的优劣势，好好学习化妆，摸索出一套适合自己的若有若无的淡妆。然后切记：化妆时一定一定一定不要涂唇彩和口红。这个星球上99%的直男是通过观察和品尝对方嘴唇上有没有抹东西来判断姑娘是不是素颜的，按照上面说的做，直男们会把精心化妆的你与卸妆后的其他姑娘相比，你在他们心里的地位自然就扶摇直上了。

久处不厌的第二层魅力，来自一颗闪闪发光的大脑。

过年要去男友老家，你就提前调研一下，他们那儿条件到底有多差。能将就的做好心理准备，没法儿凑合的做好物质准备：带上新买的礼盒装碗筷、成套的床上用品、家用净水装备，大包小包当见面礼送过去，即拆即用。自己悄悄备好纸巾湿纸巾、旅行装洗浴用品和套套，到了那地儿实在没有办事的心情，万一乡间小路过于泥泞，拆开两个套在鞋上也算是解了燃眉之急。

这叫有脑子。

男友说我们家环境不太好，你说亲爱的没事儿我理解，男友说吃住跟咱们这儿可没法儿比，你说放心吧宝贝儿再艰苦我也能接受，男友说知道你最好了来抱抱，你说那当然我是你的小公主呀么么哒只要有爱什么都不怕，结果到了男友家只看了一眼菜，整个人就都不好了。

这叫没脑子，而且还找了个没脑子的。当然，找个没脑子的男朋友，是姑娘没脑子的重要表现之一。

虽然“看一眼菜就跑跑前还不忘拍照”是个假新闻，拿来当案例用，还是挺好使的。

有人说，我就不喜欢太聪明的，你看我女朋友，就没你说的那么有脑子，但我还是很爱她。

痴儿啊痴儿，你到现在还不明白？分明是你女朋友知道你偏好那些看起来没你聪明的姑娘、喜欢掌控全局的感觉、享受智商碾轧别人的快感，她才装出一副处处不如你的样子，让你过得舒坦、自在和开心。

要是个真蠢的，一定会把你蠢哭，蠢得你生无可恋，蠢到你想早分早超生。

哪里有什么温柔、体贴、家教好、有眼力见儿、会来事儿、知道给面子，归根结底是人家姑娘脑子好使，行动之前比你多想了几步，让你觉得她温柔、体贴、家教好、有眼力见儿、会来事儿、知道给面子而已。

剥茧抽丝最后一层，是三观一致带给双方的无尽快感。

我认为，赚的钱大部分要花掉来让每天的生活更开心，你认为，赚的钱大部分要用来做投资，让财富呈几何级数增长，那无论我俩收入高还是低，我们一定会经常吵架。

我看着满满一冰箱来自世界各地的饮品，心想这是秦始皇、汉太祖、唐太宗、宋太祖和成吉思汗都从未享受过的生活，不禁感叹人类文明的现代科技真是好啊，你觉得我一个大老爷们儿喝个两块钱的饮料还要对着天花板矫情半天简直是羞耻play，咱俩没法儿一起过日子。

我觉得人活着，自己的感受最重要，地位、名声、知乎关注者数量都是浮云，你觉得在公司要争当头牌、在亲朋好友嘴里得是恩爱楷模、微博上粉丝数少了特没面儿必须买买买，你和我确实不适合在一口锅里吃饭，锅都会觉得很尴尬。

有人说找伴侣要找在一起能聊得来的，才会幸福；有人说找伴侣得找在一起什么都不做也不会觉得尴尬的，才能厮守终生。他们都是从自身需求出发说的大实话，都对，但他俩在一起，是一场灾难。

三观相同不是性格相似、不是爱好一致、不是出生一样也不是家庭背景1+1＞2。三观这个听起来很玄乎的东西，其实并没有那么复杂：两个人对物质与精神世界的认知在同一个水平上、对个人在当下社会里应尽责任的理解一拍即合、清楚地知道自己最享受怎样的生活并且和对方的愿景高度重合，就是三观相同的馊妹之交[1]。

只有同与不同，没有高低对错之分。三观相同的人们对望，就好像看镜子里的自己一样，怎么看怎么舒服，怎么瞅怎么顺眼，自带皇室血统高贵气质BGM（Back ground music：背景音乐）和美图秀秀。这样的两个人一起生活，才能得到生命的大和谐。

两性关系中，男人看重的到底是什么呢？

他们会依次看你是否hot（性感）、是否smart（聪明）、是不是他的soulmate（灵魂伴侣）。

[1] 指“灵魂之交”，“馊妹”即英文soulmate的中文音译。

男朋友一直强调自己没钱，他到底想要表达什么？

The Present

我和男友都是已经工作的人，因为他工作比较忙，我们一周一般见一次面，每次出来就吃顿饭或者看场电影。我们吃的都不贵，最多二百元左右，偶尔也是我来付钱。平常我从来没要求他送我什么，但是他一直和我说他没钱，钱不够用。他这么说到底是什么意思？是要我多付账还是希望我以后节省一点儿？

从你俩文字约见到各回各家，是一个漫长的过程，他在其中的哪个环节“一直强调自己没钱”，是问题的关键所在。

倘若是在谈及未来、谈及工作、谈及事业、谈及房产、谈及婚姻的时候他一直强调自己没钱，那你俩的情侣关系一帆风顺没有一点儿问题。同事不是朋友，父母面前一定是报喜不报忧的，这个时刻能与他分担压力的，也就只有你这个女友和Talking Tom[1]了。你倾听／假装倾听、表示遗憾、跟着对方一起咒骂领导、好好捧哏、言语鼓励、眼神鼓励、剪刀手鼓励、给他激情一宿鼓励即可。哄此刻的男人得像男人平时哄女人一样，不需要你绞尽脑汁去帮他想解决问题的方案，只需要你做出一副感同身受义愤填膺的样子就行，他也只是把你当个树洞，不吐不快吐了就能睡个安稳觉，至于如何解决，他自然有自己的打算。而且他对你谈这些，说明此刻在他心里的未来规划中，有你。

倘若是在打不打车、点不点第二个硬菜、团购的电影快赶不上了要不要穿着高跟鞋飞奔、买不买路边小店里你流连忘返举步维艰的一个相当文艺且非常不实用的物件等问题上他一直强调自己没钱，那就得花开两朵各表一枝了：

情况一，消费观念的不同。我们不说一次约会该花50元还是该花5000元，我们也不说该量力而行还是该举债泡妞卖血开房，这只是观点不同没有对错之分，我们只讨论现在在你俩心中对约会花销

[1] Talking Tom：一款手机宠物类应用游戏，中文名“会说话的汤姆猫”，可重复人的话语。

这个数字存在较大差异的情况下，建议你们好好考虑一下有没有其他更合适的人选。消费观的不同是情侣间所有观念差异里最难弥补和磨合的一项，与生俱来且要带入棺材。不是说你俩不够优秀或者谁是渣男谁是绿茶婊，你俩都没错，但如果他去找个和自己携手乐呵呵买招财猫存钱罐边拜边攒钱的，你再寻觅个喜欢一起花钱提高生活质量的，相比你们互相拖累撕×分崩离散，是双赢的局面。

情况二，他花得起，但钱和心思都不愿意花在你身上。那这就是冷暴力分手的第一层心法“让对方浑身不舒服慢慢积攒起各种负面情绪”了。不出一个月，你即将见到第二层心法“我是真的忙不是不想陪你”，第三层心法“我这还不都是为了我们你能不能不要无理取闹”，第四层心法“你要真这么想那我也没办法”，以及第五层心法“真・终の奥义[2]：好吧，如果这是你最后的决定我尊重你的选择”。等他大功告成之日，就是你俩相忘于江湖之时了。

姑娘，加油（握拳）。

女侠，保重（抱拳）。

[2] 真・终の奥义：日语“真相”的意思。

男友总是跟他好友说“以后有钱就再找一个”是什么心态？

PROBLEM

ANSWER

两个消息，一好一坏。

好消息是：他不喜欢你。

坏消息是：说这种话的男人绝大部分很难很难找到其他女人，他还是会待在你身边。

如何做好一个摄影师的女友？

PROBLEM

A N S W E R

好好赚钱，你得养他。

“情侣吃饭女方不掏钱”是常识吗？

P R O B L E M

A N S W E R

只和不认为男女朋友一起吃饭男生掏钱是常识的姑娘约会，并主动埋单，才是常识。

追我的男生约我吃饭，提出AA制，这样合适吗？

T h e P r e s e n t

一男向我表白，找我去吃烧烤，我说你请客，他反问为什么？他家里不算穷，但家境不如我。他若再找我吃饭，我该如何向他委婉地说明我认为男追女就应该男方请客？

在追求期间认为“我们还不是男女朋友”所以要AA的男生，会在许多方面都有自己固守的斤斤计较的分类方法和原则，并且很少会听取旁人的意见。

这样的男生一旦和某人确认恋爱关系，到了可以掏全款来请自己女友吃饭的阶段，会给对方强加许多他认为一个女友必须履行的义务，并动用所有自己认为男友应该享受的权限，而且一如既往地不去换位考虑对方的感受，条款完全没的商量。那个时候，你才会看到更大的世界。

初次跟女生吃牛排时，女生对服务员说要八分熟，应该说些什么来缓解尴尬？

T h e P r e s e n t

在餐馆吃饭，女生说要八分熟，这就很尴尬了，因为牛排一般没有偶数熟的，只有一分、三分、五分、七分和全熟。

“这家店的牛排偏硬哦，大概是这样的——”

（伸出右手，手心朝上，大拇指和食指指尖自然接触。示意姑娘触碰伸过来的右手拇短展肌，也就是大拇指下面那块肌肉。）

“两分熟的牛排，是这样的硬度，原汁原味，有生有熟。吃的时候既坐拥身处食物链顶端的优越感，又有回归自然的快感。适合挂科、失恋、丢钱包、文档未保存死机后食用。”

（大拇指和中指指尖自然接触，示意姑娘继续摸。）

“这是四分熟的感觉，似熟非熟，就好像刚才的咱俩一样。”

（大拇指和无名指指尖自然接触。）

“六分熟的牛排，表面看起来平平无奇，但内部的温度是很高的。”

（对着自己的手掌长吹一口气，轻微地左右摇晃脑袋。）

“切下一块后，稍微等一等，一方面避免烫到嘴巴，一方面也让切开的部分与空气充分接触。这样，在北京，能吃出雾霾的醇香；在上海，能尝到弄堂的清新；在西安，可以品味历史的厚重；在巴黎，可以腾出时间来摆盘拍照发朋友圈。专业术语叫醒牛排。”

（大拇指和小拇指指尖自然接触。）

“这是外焦里嫩八分熟的感觉，也是我最喜欢的。牛肉与佐料的味道在高温下完全融合，溢出的油脂形成一层薄膜，包裹住整个牛排，既营养，又美味，每一口都是精华。来，你把手摊开，手掌朝下，放松一些，自然一点儿，对就是这样。”

（左手轻轻搭在姑娘的手指指尖下，类似吻手礼的姿势。右手握拳，伸出食指，用食指侧面摩挲姑娘的手背，望向右上方，定格。）

这是什么感觉？

“一个漂亮的姑娘，皮肤还这么好，生命待我如此不薄的感觉。”

为什么男生说我是理想的结婚对象，对我却不那么上心？

T h e P r e s e n t

无论是前任还是前前任，对我的喜欢都是一般般的那种，却都觉得我是不错的结婚对象，就连一些异性朋友也这么觉得。本人女，有一份稳定的工作，能养活自己，有一点儿富余，家庭一般，无须我负担。长相中下（这是真的），做事慢条斯理，有拖延症，脾气较温和，对熟人随意，陌生人面前内敛。我不希望，以后的丈夫只是觉得我是不错的结婚对象才跟我结婚，我希望他是因为喜欢我才跟我结婚。难道，我就只能是刚好适合结婚，而不是被人深深爱上的那个吗？

姑娘你不太懂直男对女性的评价体系，我来给你翻译翻译，从狂热到不举，依次是这样的：

一掷攒了大半辈子的地位或积蓄只为和你一夜；

一掷攒了大半辈子的地位或积蓄只为和你在一起；

愿意放弃整个森林只为和你在一起；

愿意和你一起共享整个森林；

哎呀妈我勒个去你喜欢我！不会吧开什么玩笑！

破底线掉节操丢尊严弃道德骗哄下跪发誓下药迷奸下三烂骗炮只为和你一夜；

明言只想和你困觉绝不涉及感情，能坦然接受由此可能引发的拉黑绝交此生不相见等后果；

你是个好玩伴，但不是好女友；

你是个好女友，但不是好玩伴；

你是个不错的结婚对象，但……

那我当你备胎吧；

要不你当我备胎吧；

你是个好姑娘；

你值得更好的人；

呵呵；

哎呀妈我勒个去你喜欢我？不会吧开什么玩笑？

你别过来，你再往前一步我就捅你啦；

你别过来，你再往前一步我就捅我自己啦；

哎呀哎呀哎呀要死要死要死，好疼好疼好疼；

你别过来，你再往前一步我阉了自己；

啊——

你看，对你不那么喜欢，又说你是不错的结婚对象，很合理呀。

男人们无论自己颜值怎样，对女友的要求都是一样高吗？

T h e P r e s e n t

网络上经常有男生对女生按照1～10分来评价，比如3 分不能再高了、5分女等。往往男生不论自己帅不帅对女生的要求都还挺高的，是不是男生不会因为自己丑而降低对女朋友的要求？无论颜值如何，对女友的要求都一样高？

不是的。

自己供房买车的姑娘很可能不要求结婚对象有车有房父母双亡，自己开公司的女生一般不会在择偶条件里加入“事业上的成就比我更高”，皇室公主要求的也许仅仅是“真心待我”。她们更看重一个男人物质之外的其他条件，这些条件也往往比物质要求更难达到。

享用过的东西，一般也就那么回事儿；久盼而不得的，才会在想象里一味地显得完美。

所以，不是的，不同样貌的男生对女朋友的要求不是一样高的。外形有缺陷同时心态没调整好还没意识到男人的外貌真的没那么重要反而时时关注自己的短板在每次追求失败后都把这点当成借口的男生，对女伴外貌的要求会更高。

我没有颜，我不要脸，我只要你的样子比我见过所有的姑娘还要好看一点点。

女生嫌我矮，怎么办？

T h e P r e s e n t

我刚上大学，认识了一个可爱的女孩子，然而在我向她表白后，她却说我身高不够她的标准，不愿意和我在一起，后来甚至躲着我拉黑了我，不再和我说话。我一直觉得自己虽然不高大，但在老家也算是中等身高，从来没想到过自己会因为身高问题被别人排斥。我这几天天天去她宿舍楼下等她，只希望可以和她说清楚。我该怎么和她解释身高其实并不重要？有没有可能改变她的看法，追求到她？

这件事儿，跟身高问题沾点边儿，但沾得有限。

这只是一个傻小伙儿遇上聪明姑娘的故事。

为什么是傻小伙儿呢？因为你解决问题的思路对问题的解决是完全没有帮助的呀。

一个姑娘对一个男人，接触一两次或者看过几眼后，会挖掘出对方硬件上最明显的优点和缺点。然后根据优点的吸引力以及缺点的不可忍程度，决定要不要和他继续交往下去。每个姑娘在不同时期，心里对优缺点的判断，也是不同的。

比如，一个阳痿的金城武，对床第之欢要求高的姑娘就不能忍，而对更关注带出去有没有面儿能不能比过其他闺密男友的姑娘来说，就是相当好的选择；

比如，一个不够浪漫的理工科学霸，对打算要出国的姑娘来说，就是急人之所急；而一个爱看韩剧的姑娘，对他看都懒得看第二眼。

比如，你穿衣显瘦脱衣有肉却基本不怎么穿衣服，微信微博头像都是裸上半身露人鱼线的，好牵着你到处遛的姑娘当然爱死你这款，看不惯你不分场合不喜欢只有一面男人的女人自然对你嗤之以鼻。

假设你自认为的情况就是真实情况，那么一开始在姑娘那儿，你并没有争取到什么好印象，且得到了一个坏印象，一个在姑娘眼里的缺点：矮。

你的解决思路居然是去告诉她：你想的不对，你对我的判断是有歧视的是不靠谱的。

第一，正常人是不会轻信利益相关者的说辞的。

第二，即使你完成了这个不可能完成的任务，成功说服她矮并没有什么不好，你也只是消除了自己身上的缺点所带来的负面影响而已。

第三，正确的做法本该是多去展现自己的优点，等优点的吸引力盖过缺点散发的能量时，她就会对你有好感。可是你的行为，除了专注于并坐实了自己不高的问题之外，还在姑娘心中给自己贴上了宿舍堵人和死缠烂打的缺点。

越接触，越厌恶；越用力，越没戏。你，还是放过那个姑娘吧。

为什么是聪明姑娘呢？因为她拒绝你的理由基本上就是此类情况下能拿出的最优方案。

上面的分析，都是建立在假设你自认为的情况就是真实情况的情况之下的，而你遇到的很可能是一个善意的谎言：姑娘不喜欢你，并非因为你不高。

面试过后，面试官会安慰落选者：其实你表现很好啊，只是你的学校不是我们的目标院校，真遗憾。

分手的时候，姑娘安慰哭泣的前男友：其实你表现很好啊，只是我家里人不同意我们的交往，真遗憾。

事实上，学校要真是死穴，简历筛选就不让你过了；恋爱又不是结婚，只有爱和不爱，哪儿来的七大姑八大姨的意见啊，她家里人也许压根儿都不知道有你这么一号人呢。

安慰一个落选者的套路，通常不都是先往死里捧接着来个惊天大转折吗？其实你本身特好特棒特厉害，但有些东西比如出身啊比如信仰啊比如父母的固执啊比如我的性取向啊，这些是我俩再怎么努力都很难改变的，不如放手去吧，走吧走吧人总要学着自己长大，你一定会找到比我更好的人和她一起幸福地慢慢变老，我深深地祝福你，结婚可千万别给我发请帖啊么么哒。

在你的故事里，还有什么比“因为你身高只差那么一点点就符合我的择偶标准了所以很抱歉我们不能在一起”更不伤人的理由呢？

要听实话吗？

因为你丑、因为你一脸猥琐、因为你一身轻佻、因为你有狐臭、因为你不爱洗澡、因为看到你在图书馆抠脚、因为看到你在图书馆给别的男人口交、因为你穿衣服没品位、因为你没风度、因为你额头上刻着大大的三个字“屌中屌”、因为你不上进、因为你不会聊天、因为你直男癌、因为你玻璃心、因为你身边的人就没一个说你好的、因为大家看到我跟你说话都纷纷过来提醒我、因为你……算了，还是因为你矮吧，你看，这也不能怪你，从小爹妈就给定的，你没错我也没错，但咱俩只能有缘无分咯，祝你幸福，拜拜啦您嘞。

如果你身高足够，同样这般对姑娘死缠烂打，也许姑娘会为了躲你而宣称自己不喜欢太高的，交往起来特别累，而拒绝你的追求，你信不信？

遇上使用泡学的追求者，该如何反制对方？

T h e P r e s e n t

最近遇到一个追我的男生，相处起来让我觉得特别别扭，无意中看到一篇关于泡学的文章，发现他的做法和文章里写的一模一样。面对这样满身套路的人，我该怎么办？

别人出招，你就非得接招然后和蔼地一招招喂招拆招吗？你是华山论剑还是在玩冲灵剑法？

最好的方法就是无视什么泡学不泡学的，你觉得他让你感到舒服，你就享受；让你觉得爽，你就大声叫出来；让你觉得别扭，转身离开分手就不说出来；让你觉得恶心，从生命的各个维度拉黑就好。

他摆出万岳朝宗，实则经脉逆行暗运蛤蟆功，左手持金蚕蛊折扇，右手扣生死符，左脚凝聚北冥神功，右脚已经迈起凌波微步。你一梭霰弹打过去，然后深吸一口烟，对着身后的城管队长大手一挥：收队。

能赢取你芳心的，即使学过，所谓的泡学对他的行为影响也非常小。内在不及格的，戴个状元帽也只是在拍艺术照。给他一把屠龙刀，他却只会猛牛青龙斩，还是混不了江湖，更别说泡学只是戏班子后台一把锈迹斑斑的小匕首。

找不到更好的人不是你委屈自己的理由。

PUA一直以来就只是很low的成功学，只是把忽悠的大方向从走上人生巅峰换成赢取女生芳心而已。有这能耐的，早孜孜不倦绵绵不绝闷声睡姑娘去了，这可是眼下这个年代我们唯一可以享受到的足以媲美古代帝王的体验，还用靠这个教学赚钱或者行善普度众屌？

我反正是没有这个情怀和胸襟的。

拿百人斩这种事儿主动到处说的，内心得是有多自卑。大好生活不去享受大好姑娘不会享受你就只知道回家画正字？同性千篇一律羡慕的目光比姑娘各有千秋扭曲的面庞更能让你高潮是吗？那你是个攻啊，还是抖S[1]。

我是懒得记这个数字的，我只知道，每个和我约会的姑娘，我都真心喜欢过；在未来的任何时间里，我都能坦荡荡地与她或者她们相见重逢；在我即将离开这个世界的时候，想起哪一个都是满满的美好回忆。

所以，你经历过什么、学没学过泡学、受过多少伤、伤过多少人，都与我无关，我在乎的只是现在的你的样子。眼前这个人小时候吃过屎，是没有必要在约会共进晚餐时跟我汇报的。面对使用泡学被你看出来的人，喜欢他，他摆下一颗子，你焚香沐浴陪他好好对弈；不喜欢他，他摆下一颗子，你连着自己的棋子和棋盘一起劈头盖脸朝他掀过去。

[1] 抖S源于日语，指有严重的虐人倾向。

男性眼中，一个9分女人应该具备哪些素质？

PROBLEM

A N S W E R

起码具备视给姑娘打分的男性为空气的素质。

真正的放下，
是一种
怎样的体验？

P R O B L E M

A N S W E R

你问的是哪一段？

参加
前男友的婚礼
应该注意什么？

P R O B L E M

A N S W E R

礼到人不到。

在前男友婚礼当天打电话祝福的行为是不是很蠢？

T h e P r e s e n t

和前男友属于和平分手，之后大家都没联系。从共同好友那里得知了他即将结婚的消息。想电话跟他说声祝福，这是不是很蠢的行为？

哪里愚蠢啦？闹太套[1]！

通过跪着打电话的行为来表达“你已经move on了我却会记得你一辈子”“你视我为dog我依旧把你当god”“虽然你身边有了其他女人但我心里只有你一个哦”“你可以拉黑我不理我格式化我但你只要勾勾手指我一定会千里送×”“名分家产精神肉体我都不care听听你的声音我就很开心了”“你结婚的日子虽然跟我一毛钱关系都没有但我还是会郁郁寡欢一整天逛逛逛买买买喝喝喝”简直是最棒的婚礼祝福，比送多大的红包都要实在，他一整天都会得意扬扬神清气爽的。

男人真心希望前女友新婚快乐，就把自己最落魄最猥琐档次最低的形象展现在她面前，让她庆幸。

女人真心希望前男友新婚快乐，就在对方压根儿没邀请自己的情况下打电话道声祝福，让他嘚瑟。

[1] 闹太套：英文 not at all 的中文音译，意为“一点儿也不”。

怎样做
才可以气到前任、
狠狠地报复他？

T h e P r e s e n t

分手后我只想报复他，也许是不甘心吧。当初明明是他对不起我，可为什么最后受伤的是我？有什么方法能让他也感受一下那种痛苦呢？

人都已经不在乎你了，你却念念不忘，依旧把对方当世界的中心。如此不对等的心态下，还想要气到前任，大概只能做杀敌八百，自损至少三千七的买卖了。

比如，你挽着五个渣男去见他，有飞叶子的，有天天幻想发大财的，有脚踏三只船骗炮的，有一身性病还忌讳看医生的，有有处女情结同时嫖半生的，让前任明白原来老子只是他们中的一员，你说他生气不生气?

比如，你准备三杯硫酸，一杯泼他，自己洗脸一杯畅饮一杯。当前任气急败坏打算也毁你容的时候，发现你已经自己泼过了，你说他生气不生气?

比如，准备几把刀，一把插他，其余的全部插自己。当前任反应过来，临死前看清楚整个局势是：他被一个自己插自己的神经病给杀了，不光他死得不风光，保险公司还不会给老爸老妈赔钱，你说他生气不生气?

如果你的身体没受到伤害，那自损的三千七一定会体现在你的心态上、时间上、人脉消耗上或者做人底线上，并且这种损耗会伴随你很久很久很久很久。

小打小闹是气不到喜新厌你的前任的，要干咱就干票大的，我劝天公重抖擞，吓死他也膀死我这个级别的。

以上这些，姑娘你选一个吧。

为什么自称“相貌中上”的人越来越多？

The Present

在网上看到越来越多的人在自我描述时加上一句“相貌中上”，按照比例来讲，似乎太多了。到底是相貌不太好的人都不好意思描述自己的颜值，还是这些人在吹牛呢？

其实还是百分制，换了个说法而已。

0～10：下下

11～20：下

21～30：中下

31～40：中

41～50：中上

51～60：上

61～70：上上

71～80：S

81～90：SS

91～100：SSS

这套评分系统常用于对喰种[1]战斗力的划分，近期被少数人借用到人类颜值评测报告上。

[1]喰种：即食尸鬼，是一种只能食用人肉和咖啡（有块像方糖一样的东西溶解在咖啡里可以缓解饥饿）的亚人种，源于日本动漫《东京食尸鬼》。

女友和其他男生看电影，我该怎么办？

T h e P r e s e n t

女朋友和其他男生看电影，还让我买团购券，我很生气，不知道该如何处理。

高手在对弈的时候，往往都会往前多想几步。

我这么一挡，他应该会在那儿放一颗棋；我贴着他并下一子，他一定会双截；我回手杀他一条大龙，他肯定气急败坏地掀桌子；我往后一撤右手边有一花瓶，他站起来身旁果盘里插着一把水果刀；我一花瓶砸他面门上砸得他眼珠子都得缝针，他左手挡着花瓶右手把水果刀刺向我左胸口，但是我早就预料到了于是下棋前提前穿好了警用防弹背心，所以，我赢了。

谋定而后动，知止而有得，不知止则护国。

咱们一起为几个月后单身的你，复复盘吧：

女友和其他男生看电影，让你买团购券。你心有不忿，但又不得不买，于是买的时候怨念丛生、给女友发号码的时候阴阳怪气、事后经常拿着这事儿碎碎念。好了，你完整地表达了自己的介意，女友也完整地get到了，下次再有人约她看电影，为了避免麻烦她只好自己买票或者让对方买票。女友自己掏钱的时候或者看到身边其他情侣恩爱的样子，想起自己男友的多疑，表情难免落寞。

一起看电影的男生倘若是情圣，会关切地说，看不看电影都没关系，你的心情好坏才是我在乎的。顺手把她拉到一边的甜品店，点上一份她提到过的最爱吃的，听她细细抱怨起你过去的种种和你的细细，温柔地一句一捧哏，待你女友破涕为笑之时，便是下定决心和你分手之日。

一起看电影的男生倘若是禽兽，会马上出手搭在你女友的肩膀上，甜言蜜语地关怀，倘若你女友不拒绝，他的整个怀抱立马就提供了出来，女人哭吧哭吧哭吧不是罪，哭湿了我的外套咱们就开间房把衣服脱下来晾干。

一起看电影的男生倘若是情种，会从头到尾眉头紧皱地听完你女友的讲述，然后悠悠地长叹一口气，唉，男人怎么能这么对女人？随后慢慢讲起自己和姑娘们的故事，听了之后让女友觉得就算当他没名分的小情人，也胜过当你的正牌夫人万分。

一起看电影的男生倘若情商特别地低，只会笨手笨脚找不到重点地破口大骂你的行径，当然，你女友是暂时不会跟他的，但看着眼前这位，那份忧虑才下眉头又上心头：想不到连这个粗人，都要比他待我好。

而后你偶尔发现了他们的聊天记录、翻出了电影票根、耳闻了熟人告密，于是你由介意变成勃然大怒，开始和女友讲道理、定规矩、下通牒、甩狠话。女友一气之下拿起手机钥匙钱包充电宝化妆包发卡就夺门而出，心里想着比起其他男人的成熟睿智温柔体贴你怎么就怎么看怎么不顺眼呢？

于是，她和情圣看话剧吃烛光消夜去他家看星星、和禽兽开了一间没有熨斗但是床特别舒服的房间、和情种越走越近、觉得情商特别低那位的六块腹肌越看越诱人。

最后，不接你电话，不回你短信，朋友圈屏蔽你，微博拉黑你，偶尔你会收到“哦”“最近忙”“太晚了改天聊”“我今天很累不想说这事儿”的信息。

分手的那一天，她是由别人陪着一起来的。

最开始的时候，无论那个和他一起看电影的男人对她有没有想法，只要她还在让你买票，那在她眼里他俩就是正常距离的朋友关系。

就算你的女友对对方有点儿动心，考虑着要不接触接触对比对比看看要不要换个男友，只要你比对方更大度、更成熟、更自信，再加上其他时候没什么卵用的已有的男女朋友名分，他俩一起看电影前后聊的都是你的优点，对方还是一点儿胜算都没有。但如果让女友知道你介意了、你小肚鸡肠了、你不信任她了，对方就有机可乘了，也许眼下这个屌丝未必能把握住这个兴风作浪的机会，但总不能每次都把胜利的希望，寄托在对方的不入流上吧？

大部分时候大多数人都是自毁长城，把女友一次次往彼岸推去，把胜利果实打包发顺丰快递到敌人家门口的。

女友和其他男生看电影，让你买团购券，这种事儿怎么处理？

赶紧买好团购或者订好位置，再包2个200元的红包，留言：看完电影总得吃个大餐吧，请朋友出来玩怎么能花他的钱？咱们埋单我请客，玩开心，注意安全。

女神22岁还没谈过恋爱，这究竟是怎么回事？

PROBLEM

ANSWER

在她愿意让你看到的那一面，在她可以和你分享的生活里，在她与你共存的那个世界中，不存在情欲和爱意。

努力成为女神喜欢的那种人，能让女神爱上自己吗？

P R O B L E M

A N S W E R

没用的，因为你得到的情报，从根本上就是错误的。

你以为她描述的是她喜欢男人的类型，其实她只是为了拒绝你，找了个你不具备的东西当借口，说一句善意的谎言哄哄你。

吃西餐
有什么
基本礼仪吗？

P R O B L E M

A N S W E R

最基础的一条是：如果发现同桌某个人的行为不符合你脑子里的礼仪规范，继续吃，别乱说。

男人该如何穿衣，才显得既低调又不俗气？

T h e P r e s e n t

看过许多服装搭配的文章和视频，总觉得里面介绍的穿法，过于夸张和复杂了。在日常工作生活里，男人究竟该如何穿衣服呢？

一个男人的穿着，没有扣分点，足矣。

有几套出席正式商务场合的正装：

知道除了婚礼和葬礼外，深蓝色永远比黑色更正式；

知道袜子的颜色要比裤子深，不会穿一双白底大红勾的袜子上台做展示；

知道手自然下垂时西装袖口要盖过衬衣袖口，手抬起时，衬衣袖口自然显露出来；

知道西装外面的口袋什么都别放，不要让人清楚地看出你四个口袋里分别装着手机钥匙钱包和Kindle[1]。

知道穿一双擦过而非崭新的黑色三孔系带皮鞋；

知道皮带扣是你全身上下唯一可以展示商品logo的地方；

知道挺直腰板时领带的箭头要刚好到皮带扣上沿，这不是领结也不是人猿泰山的那片叶子；

知道除了三种人之外，其他的绝大部分人，是不需要佩戴领带夹的；

知道摘下领带后衬衣最上面的扣子要同时解开，知道领带应该放在西装右侧里面的口袋内；

知道西装左侧里面的口袋是用来放名片的，因为那里最贴近你的心脏；

知道站起时随手扣上西装除最下面那颗之外所有的扣子；

[1] Kindle：由亚马逊设计和销售的电子书阅读器。

知道夏天也不要穿短袖衬衣，知道冬天时衬衣里不要穿湖人队球衣或者高领保暖内衣；

正式商务场合之外，有若干件平时出门时得体的衣裤：

你的头发，无论长短，出门之前应是清洗过是干净的；

洗脸，包括清洗你的面部、脖子和耳后，领口以上裸露在外面的皮肤，要是同一个颜色的；

你的衣领，和刚买的时候要是同一个色系的，可以有褪色发白，但不能发黑发黄；

你的袖口，没有磨破，你的指甲，没有发黄或塞满黑色的不明污垢，你没有唯独留下右手小指长长的指甲不修剪；

不要让人看一眼你的外套就知道这是你家传压箱底的宝贝或者你家养猫；

T恤不配领带，牛仔不搭皮鞋，紧身裤别裹着秋裤，V领别露胸毛；

别照着杂志／微博／微信公众号的搭配指南往家买，即使能成套地购入，里面的大部分风格配上大众脸，也是没法儿穿着出门的；

如果你有女友，她让你怎么穿，你就怎么穿，别思考，别开口，想分手的时候，反着来；

其实，以上，都不重要，重要的是下面要说的：

男生应该怎么穿衣服既低调又不俗气？

低调方面，你想多了，大部分人是不会仔细看你第二眼的，除非你哗众取宠。

俗气方面，如果你仅仅想通过穿着就展现出自己的不俗气，那就太俗气了。

一个姑娘，必须好好打扮，因为看起来更美的女生，世界对她展示的，是完全不同的那一面。

一个男人，想通过打扮自己得到更多无意义的认同与赞许，以及期待中的帮助与提携，那除了化得眉清目秀去卖身，没有其他任何可能。

就连演艺圈也一样，长得好看的多了去了，你以为那些影帝歌后真的是凭着一张脸往上爬的吗？你看不见那一张张精致的脸庞后面一颗颗闪闪发光的大脑吗？

穿背心裤衩拖鞋的男人，就一定比英伦风打扮的男人要俗吗？

男人的眼界，不在于你说任何话题他都能辩倒你，而在于他知道什么时候该浅笑什么时候该开口；

男人的细致，不在于他能否分辨出面料的产地和做工的真伪，而在于他是否清楚记得父母的生日与姑娘的喜好；

男人的魅力，不在于最潮的发型或一块IWC[2]的腕表，而在于他知道该用怎样不同的眼神去迎上每个身份不一的人的目光；

男人的能力，不在于他能不能去巴黎时装周给自己的盲人小女友带回最新款的墨镜，而在于他沉浮商海时智商的体现以及游走政坛时情商的爆表；

[2] IWC：万国表，瑞士品牌。

男人的魄力，不在于他一无所有时跪在你面前举手发誓一把鼻涕又一把鼻涕哭泣着再三表示的“不惜生命”和“一生一世”，而在于他面对所谓可以就此翻身的天大诱惑时，体现出来的冷静与淡定。

一身炫酷的是理发店的老师，花时间琢磨今儿到底阿玛尼还是啊尼玛的是外企小白领，三件套天天穿的是房产中介和保险公司的销售代表。

少看时尚杂志，别老研究春夏秋冬的搭配，多思考、多读书、多健身，才是你最好的装备。

所以，你给我一个男人的jpg，我哪里知道他俗不俗？

只有看着他走过来、站稳了、坐舒坦了、喝上一杯、聊上半个小时的gif，才能判断，他究竟是低调得可爱，还是俗不可耐。

接 / 打电话时应该注意哪些细节？

T h e P r e s e n t

工作中跟有些人打电话，觉得特别舒服，和有些人通话，则会觉得十分别扭，想尽早挂电话。希望自己能成为别人眼中的前一种人，究竟需要注意到哪些细节呢？

男生接女生电话：

1. 语调尽量低沉，从日常说话开始改善；

2. 语速尽量慢，咬字吐词要清晰；

3. 对对方的长句子提问进行缩句确认；

4. 对于问询，先停顿思考再回答，不要给出路人甲式的feedback（反应）；

5. 对于难题，不要试图解决，要体现出感同身受；

6. 如果不可避免地边通话边进餐，告诉对方你在吃甜点，并在下次见面时带上一份；

7. 对方打来的电话，等待对方先挂；

8. 减肥，避免出现一微笑就挂机的不礼貌行为；

9. 对于自己不喜欢的花痴女生，不要撩骚。

搭别人的车，究竟应该坐副驾驶还是后排？

T h e P r e s e n t

总觉得副驾驶是个蛮暧昧的位置，只能留给伴侣坐，所以一般我都会坐后面。今晚与同事聊起这个话题，她们又说我想太多，如果坐后面，会显得对方像司机一样。究竟坐哪里才是正确的做法呀？

有专属司机的时候，一般来讲，后排右边的位置是最尊贵的客人坐的，次尊贵的是后排左边也就是司机后面的位置，最后是副驾驶。也就是说，公司接待某个甲方，司机开车，甲方坐后排右边，负责接待的公司副总坐后排左边，办公室主任坐副驾驶。

可以这么记：轿车开到酒店，门童打开车后边右侧的门，后排右侧的人第一个下车随即大摇大摆地进酒店去了，后排左侧的人第二个钻出来给门童小费，坐副驾驶的人自己开车门去后备厢为客人拿行李，最后司机把车开到停车场，摇下玻璃，点燃一根烟。

当然，也有例外，当安全需求大于方便需求时，比如要接待的甲方被好几个跨国组织追杀，或者客人是需要确保安全的政要啊明星啊，等等，后排左方也就是司机后面的位置，是最尊贵的，之后依次是后排右边，最末位依然是副驾驶。

这个这么记：轿车开到酒店，门童打开后边右侧的门，后排右侧的人第一个下车随即来了一梭子子弹“突突突突突突突”把他打成了华夫饼，后排左侧的人马上蜷缩起来并命令开车，司机心理素质那个差啊，刚开出几百米就慌不择路地上了逆行道，对面来了辆车，司机为了保护自己下意识地把方向盘往左打，直接把副驾驶座上的人送到对面车头前给撞死，客人一脚踹开后排左侧车门，逃入路边的密林，从此开始了拯救世界的职业生涯。

倘若你十分屌炸天地给公司买了辆越野车当商务车用，并且配了司机，那接待客人时，不管对方魅力有没有大到危及自身安全，副驾驶都是上座。

如果以上你都记不住，就买辆吉利GE。

朋友或熟人开车来接你一个人，你不坐副驾驶，那就是把对方当成了司机。

以上，说的是国际惯例。

熟悉国际惯例是为了尊重他人，而在对他人表示尊重时，国际惯例是排在当地习俗之后的。

你到了一个地儿，当地的习俗是让尊贵的客人躺在最后一排，那就赶紧脱鞋吧。

而当地习俗，又是排在个人习惯之后的。

比如某人想搭你的免费顺风车，你问他“你坐哪儿啊”，他甩甩头发表示“我应该在车底不应该在车里”，那你就瞄准了狠踩一脚油门。

比如你想搭某人的免费顺风车，对方告诉你没问题，但有个要求：凡是坐我车的人，要么在后排中间的座位上蹲马步，要么我把你绑在车顶，你放心，我兜风的时候肯定不过限高特别低的地儿，确保你脑袋的安全。那你只能选择坐还是不坐，却没资格用国际惯例或者你当地的习俗去judge（评判）对方的习惯，更没有理由去指责、教导甚至谩骂对方。

如何
做好一个
职场新人？

T h e P r e s e n t

刚入职，希望给领导和同事留下一个好印象，该如何做，注意哪些细节呢？

在我看来，新人期是一个不求有功但求无过的准备时期，需要做到的只有三条：

1. 在你一眼扫过去，整个办公室的派系斗争、亲属关系、疏远距离如同一张X光透视图一样一览无余之前，不需要说的话一句都不要多说；

2. 着装风格、写邮件格式、文档命名方法、工作时间、制度流程等，遵守所处小环境约定俗成的标准，而非国际标准或所谓正确合理的做法；

3. 任何场合，不要迟到。

那些激动人心鸡血蒙心的词，是在你充分了解游戏规则以及其他玩家的背景习惯身份之后，才能有选择性地去实现的。

如何高情商地
对上司
表达不满？

P R O B L E M

ANSWER

不要表达！不要表达！！不要表达！！！

该做好计划
还是
顺其自然？

PROBLEM

A N S W E R

对意料之中会出现的意外做好规避措施和应对计划，其余的，顺其自然。

如果现在的你
遇到刚毕业
初入职场的你，
你会对他
说什么？

P R O B L E M

A N S W E R

现在有个不错的项目，连程序员都已经找好了，来吧，送你股份，我亲自带你。

是不是
每个人在大学
期间都很迷茫？

T h e P r e s e n t

我去年参加高考，成绩还不错，上了一所211大学。刚上大学的时候很开心，我发现生命一下子开阔了，可慢慢地，我越来越迷茫，不知道该干什么，不知道该学什么，不知道机会在哪里，不知道自己该怎样去争取机会获得成功。你能告诉我吗？

几乎所有大学生，在上大学之前，过的都是同一种生活，有一个共同的目标：考大学。

有人想过不走寻常路，但仅仅能想一想，无法付诸实践。

你说爸爸爸爸，我现在就想要金钱和美女。你爸爸给你一巴掌：滚去写作业！考不上大学连媳妇儿都娶不上，还想要美女？

你说爹地爹地，我渴望事业和爱情。你爹地轻抚你的板寸，和蔼可亲地说：很好很好，等你考上了大学，这一切的一切，都会有的。

你说父亲父亲，我励志以后要当上村长迎娶同桌小翠。你父亲沉默了一会儿，抿了抿嘴，拍拍你的肩膀：儿啊，村长是我的，我还要当很多很多很多年，然后隔代世袭给我的乖孙子；小翠其实早就是我的了，你断了这个念想吧，以后记得叫她妈，别叫姨。好好加油，考个好大学，去征服外面更大的世界。

你说老爸老爸我们去哪里呀？你老爸拍手道宝贝宝贝我是你的大叔，等你考上了大学我再告诉你，其实你老妈是你的亲姑。

当然，18岁之前尽力去考个更好的大学，性价比是非常高的。在当下的中国社会里，没一个本科文凭，你连被大把榨取剩余价值和被权势阶层欺辱的资格都没有。

但进了大学之后，你惊奇而略带惶恐地发现，身边的人的活法和目标是不一样的。

有的人在宿舍一角天天解说游戏比赛，竟然叨叨出大把粉丝，签约游戏公司；

有的人楼上楼下校内校外到处跑，忽悠和被忽悠，最后搞了个互联网+，月入五位数；

有的人靠着打篮球或唱歌，一路保研保博留校平调最后成了党的干部；

有的人骗钱、有的人骗炮、有的人搞微商卖参、有的人搞微商卖身；

就连好好学习的，也分化为国考派、考研派、保研派、出国派、考证派和不为了什么老子不考第一就觉得对不起全世界派。

对了，还有人拼了命地忽悠大学生创业。

这样的故事、加工过的故事、夸大过的故事、子虚乌有的故事和事故，一件件传入你的耳朵里、深入你的脑子里、刺激着你的小心脏。你从18岁之前那个单调的空间里走出来，一脚踏入这个有着无限可能的新世界，而且你惊喜地发现，所有不同的路的第一步，现在的你，都可以走。

于是你开始做信息的甄别和筛选，开始权衡得失，开始控制风险，开始判断利弊，开始第一次为自己做选择，开始迷茫。

我上大学的时候，经常把自己带入那些千奇百怪的故事里，整宿整宿地睡不着，在脑子里一遍遍地设想、演示、预估和复盘。有时候兴奋YY了一晚上，吃早餐时突然灵光一闪想到一个决定性的败因，发现自己真是天真幼稚不现实。不过没关系，这不是浪费时间，20岁的时候自我否定过，30岁就不会犯这个错。

就是在这样的迷茫当中，一个人的三观，慢慢成形。不要惧怕去深入了解那些毁三观的事儿，再离奇的经历，背后的人性都是一样的。何况，三观真正树立之后，是不会被毁的。你觉得毁三观，是因为你还没有自己的三观。

把这些听到的、看到的、想到的、尝试过的、失败的、有小成的，统统装进你的脑袋里，由它们勾兑、凭它们厮杀、任自己迷茫、让脑子爆炸。

我们一起看看，最后会走出来一个怎样的你。

不是所有的凤凰都可以涅槃，在新奥尔良的烈火里烧不死磨不灭生存下来的，才是人中龙凤。二十几年前赢得了和几十亿同类的那场竞争，这世界自此多了一个你；现在和自己战斗，如果你胜出了，你将拥有一个新的世界。

迷茫是好事，且迷且珍惜。

人这一生
为什么要努力？

T h e P r e s e n t

工作一年多了，感觉经常在做一些重复的劳动，需要学习的新技能好像对自己也没多少提高，只是工作需要罢了。虽然一直在努力工作，但找不到更大的动力和方向，好像努不努力结果都差不多。人究竟为什么要努力呢？

人这一生不是要努力，是要先努力。

先努力，你会早一些看到，自己在24小时连轴转最努力的情况下，能成就什么。

而后你才能知道，哪些东西是自己可以去搏一搏的，哪些东西是只可远观万万不可亵玩的。

先努力，你会早一些看到，自己在豁出了命去努力、非常努力、相当努力、比较努力、不太努力、太不努力、豁出了命不努力的情况下，分别会得到什么同时又失去什么。

而后你才能判断，阶段性的目标值得自己投入多少、什么时候该给自己放假、哪些情况下需要再加把力、哪些情况下该见好就收见不好割肉止损也得收。每次给自己换挡后，都能坦然面对即将到来的得失。

先努力，你会早一些看到这个世界真实的样子，然后才有可能找到，适合自己的位置。

早一些看到，你才有选择的余地、才有调整的空间、才可能有急流勇退和金盆洗手的资格。

早一些看到，你才能分辨得出，谁给的是经验、谁喂的是鸡汤、谁提炼经验里的鸡精来忽悠你、谁拿浓汤宝当经验自己洗自己。

否则，你会每天都见识到更大的世界，在一惊一乍的不淡定与对未知的卑微中，度过自己的一生。

在非黄金高峰期搭地铁，只要你肯多往前后走一走，总会发现一节空到不正常的车厢，找到三个人松散占据着一整排的座位，而前后相邻的两节车厢，熙熙攘攘到胸都快被挤掉了，每停一站都要感受一次个人力量的渺小，每个换乘点都是决战紫禁之巅。

一步天堂一步地狱，不多迈几步，怎么能知道哪步是这一步?

在足球场上，有这么一种人，他们开赛后先频频犯规，一次比一次尺度大，一次比一次口味重。当他们通过一系列试探了解到当值裁判的尺度之后，会把侵犯对手当成常规性的防守手段，比赛屡屡因他们被吹停，他们却很少得牌，还经常引得对手被红牌罚下。

少拉一秒口头警告多给一脚追加停赛，不当着裁判的面拍拍对方的菊花以示友好，怎么能知道裁判最大的宽容在哪里?

先努力了，你才可以找出一个性价比高的姿势。从头到尾都死死抱住扶手、从头到尾都跟着对手狂奔，确实，你够努力、你更努力、你非常努力呢，但是，活得那么苦，结果还不好，除了感动自己，谁都打动不了。

下车了才发现隔壁车厢在拍摄维秘外景的比基尼展示环节，而你在薄薄的人墙之外和狐臭男斗争了一个小时，哭不哭?

比赛结束了才明白原来只要不扯掉对手的球裤别的什么都能干，谁都能干，扳手可以带，少林功夫可以用，后不后悔?

有一个朋友，刚毕业去了我们那个年代500强外企的代表宝洁，当管理培训生。三年后突然辞职考公务员，问其原因，她说她受不了自己回到家里都习惯性地用祈使句和父母说话，这份工作让她的性格扭曲到自己都不喜欢自己了。复习几个月后，她考上了。几年后我再次去广州出差，得知她已经辞掉了公务员的工作去了我们那个年代著名的养老外企，壳牌。我问她为什么的时候她没有再开口，但我能感觉出，那时她的笑容，是最接近大学时期的。

现在她依然是壳牌的员工，在朋友圈里从来不抱怨、不艳羡、不秀恩爱、不晒幸福、不鸡汤、不鸡血、不锦鲤、不不转不是中国人。

先排除了最不适合自己的，剩下的，都是足够滋润的。

年轻时得过且过还是以后优哉游哉，自己选咯。

其实，当你明白人要先努力那天起，你就不需要再努力了，以后的，都是生活。

贫穷会对人造成什么影响？

T h e P r e s e n t

面临两个选择，一份收入低的稳定的工作，一份可能会被淘汰的销售类工作，但是收入要高很多。如果我选择了低收入的工作，我会面对哪些问题呢？

贫穷对一个人最大的三点影响是：

1. 不把自己当成本；
2. 时间多到可以用任何对自己意义不大的事儿去填满；
3. 容易被不现实的利益陷阱吸引。

父母变笨了怎么办？

T h e P r e s e n t

小时候出去玩，跟着爸妈，根本不用想，就是玩，吃喝拉撒就找爸爸，总有办法给我解决。不用怕。爸爸就是我的保护神。这几天“五一”再次出去玩，时隔几年。他们竟然忘记带洗漱用具，车票都没提前买。爸妈都是70后，才40多岁，不会这么快老了吧，头脑怎么变得这么不灵活了。不光爸爸，妈妈也是。他们都受过高等教育，却根本不会用智能手机等电子产品，我该如何面对他们赶不上时代跟不上潮流的情况呢？

不要以爱的名义强求父母跟上时代的步伐，这和小时候父母以为你好的名义强行把自己过时的人生经验套在你身上是一样一样一样的。

你需要挺起胸膛独自面对这个繁杂的社会，从万千选择里找出让现在的他们享用起来最舒适的套餐：

“五一”出去玩，你想得到而他们疏忽了的，提前买回来准备好；

他们没想到你也没想到，就坦然面对600元一晚的如家，一个人去前台开房，别让他们住着心疼；

景区买票队伍长，你拿出手机订票在网络取票口拿了就拉着他们，阅兵一样走过长长的队伍，乐悠悠地跟他们炫耀手机订票的快捷以及团购价格就好，不要说着他们听不懂的话教他们如何绑银行卡下单支付取票；

让你现在坐车你就坐车、让你现在吃饭你就吃饭、让你路边歇会儿你就歇着、让你去洗手间你没尿也去站会儿；

他们急躁，你去买冰镇饮料；他们起晚了，你直接找地儿安排brunch（早午餐）；他们耽误行程了，你告诉他们没事儿，这个地儿本来就应该玩两天一夜的，过会儿找个四下无人的地儿打电话请假；

他们跟你说年龄大了你该找个女朋友了，你看那个老谁的孩子那个小谁的孩子还有你那个同学，你就安静地听着，听完了告诉他们：行，外面这么多好看的姑娘，我一会儿就出去挑个媳妇儿去。

有的人是真的老了，但老有所养的人是不怕老的，怕只怕老了还被人嫌弃；有的人你以为他老了，其实他只是选择了难得糊涂的生活态度。

我今年三十整，闲了就上浩方玩玩星际争霸，我想，如果有人让我学着打LOL[1]或者劲舞团，我大概是玩不动的，偶尔陪着参与一下还可以；五年后，我手机里的app（软件）可能也不会被替换太多，对我来说，够用远比尝试新的体验重要；在我四十岁的时候，如果有人让我练脑，我会说，你自己去练吧，我这样挺好。如果让我练脑的这个人是我的儿子，我心中会掠过好多丝凄凉，因为我已经老了，他却还没长大。

孝顺的关键在于“顺”字，父母迟钝了，你就降低自己宇宙的光速，陪着他们。

[1] LOL：《英雄联盟》，一款网络游戏。

50岁的
父亲可以培养
什么样的兴趣爱好？

T h e P r e s e n t

我的父亲今年50岁了，他不太喜欢运动，每天的活动就是做饭。一吃完饭，他就忍不住去开电脑。平时的业余爱好是上网斗地主，电脑关了以后就玩手机，或者看电视剧。他自己身体也不太好，却还沉迷于那些不利于身心的娱乐活动，我能帮助父亲培养哪些有利于身心的兴趣爱好呢？

抓周的时候，一般在婴儿附近放上笔、墨、纸、砚、算盘、钱币、书籍等，第一个接触到的，就是他成年以后成才的领域。

虽说是迷信，但起码父母亲戚还是尊重了婴儿自己的选择，至少做到了形式上的尊重。

有些刚为人父母的人，会在自己希望婴儿选择的东西上涂上蜂蜜或者挂上铃铛，吸引婴儿的注意。更有甚者，会放一圈美元、欧元、英镑、人民币、金条和银行卡，随便选吧，反正长大肯定是有钱人。

连搞封建迷信来自我安慰你都要作个弊，这种行为不仅可怕，可恨，而且可悲。

望子成龙的父母，自己首先就不是龙和凤，否则随便生出个赑屃、鸱吻、蒲牢，抑或狻猊、椒图还是貔貅，都没关系，只要是我的儿女，管他继承了我的哪一方面，管他有没有继承到，我都开心！

当我老了，二十出头的儿女，无论是沉迷于网络、缺乏锻炼、守处还是滥交、不自信还是爱吹牛×，身上有无其他我看不惯的“毛病”，我都不会去管他。因为从小我已经和他交流过辩证的思考方法和三思而后行的做事顺序，渔之外的鱼，我是无法交与他手的。

何况人类社会在变化，用我的思想去判断他们年轻人在我已经不甚了解的社会中的处境，多不合适。

当我老了，二十出头的儿女，却反过来教育我不该沉迷于网络、缺乏锻炼，让我改掉身上那些他们看不惯的习惯，我应该会转过头去老泪纵横，哭得像个孩子。

分不清楚是为他们流的泪多一些，还是为自己流的泪多一些。

三观从来就没有正与不正之分，以自己为正统来判断别人偏离得有多远，是一种特别幼稚的做法。玄门正宗的全真道，百年以后在江湖上可还有哪怕一丁点儿的地位和话语权吗?

且不说你父亲已走完漫漫人生路的一半，改习惯伤身体，健康的舒坦日子已经不太多了，即使是你身边正当年的妻子或者你咿呀学语的孩子，你又凭什么让他们爱上你爱上的运动?他们爱你，还不够吗?

尤其你还告诉他“这些道理不是我说的，你看，知乎的网友们也都是这么认为的”，然后甩出一张你精心筛选过的答案合集。

怕是你父亲，欲哭无泪吧。

有空的话，看看蒂姆·伯顿的电影《大鱼》。

然后:

自己好好努力，别停留在口头的誓言上，在你这个年龄，收入超过“思想迂腐、自信心受挫、沉迷肥皂剧、不爱运动”的父亲，让他不用在50岁还要琢磨着去一个“很远的城市”养家糊口，并非不可能的事儿;

换台辐射小一些的大屏幕电脑、配上人体工学椅、来个噼里啪啦听起来就愉悦的机械键盘和游戏鼠标、给QQ充个蓝钻，提升你爹地主大战时的体验;

开车带你爹参加户外的斗地主活动，送到了地儿临走时给他塞上一盒格调超高的白幽灵，当他憨厚地对老牌友们说“我也不知道这东西原来这么贵啊，儿子硬塞给我的，唉，就是爱瞎花钱”的时候，脸上洋溢着的幸福一定能夹死蚊子;

给家里开个50兆以上的网，换个智能电视买个iPad，让你爹随时随地都能看到《何以笙箫默》里钟汉良那张表情癌的俊俏脸;

百善孝为先，论心不论迹，你的心，至少得先是向着而不是反对自己父亲的吧。

关系亲密的人之间需要互相说“谢谢”吗？

T h e P r e s e n t

从小父母和大家庭里，长辈都教我们得到别人帮助时要说“谢谢”。家庭聚餐中，亲人们帮忙夹了菜要感谢，无论多么亲密，父母还是兄妹，都要说声谢谢。后来上了高中、大学，也习惯性地及时表达对他人帮助的感谢。但室友们，还有男朋友，都不喜欢我这样。他们说，这样说的话会感觉双方很有距离感很生疏。但我从小说习惯了，别人帮了我我不说谢谢，会很不自在。怎么办？我还要继续这样吗？

幽冥之事，实所难言，幽魂不须超度。人死业在，善有善报，恶有恶报。佛家行法，乃在求生人心之所安，超度的乃是活人。

——《倚天屠龙记》

在我看来，这声“谢谢”也是一样，为的不是让对方承受这份谢意，而是自己心安。

过分在乎别人的感受，在乎别人的评价，在乎别人眼里你的形象，在乎别人帮了自己自己说声谢谢他会不会心满意足，在乎自己帮了别人别人有没有说这一声谢谢，在乎你到底是别人的眼还是别人的眼儿，你会过得相当艰难。

你曾问过自己的那颗椰子心，它到底喜欢说谢谢还是不喜欢说吗?

很多时候，有些习惯，有些行为，只是为了满足自己的轻度强迫症，没必要给自己或者给别人披上一个大众都能接受的道德外衣。

比如，我偶尔会打包食物给路边的老年乞丐，却不是因为我善良。这样的日子要么是我进账了一笔可观的收入，要么是我将面对一个不可控结果的宣布。于我而言，打包的行为就如同去拜寺庙，是一种迷信的攒人品行为。

你非要由此断定我就是一个高尚的人，一个纯粹的人，一个有道德的人，一个脱离了低级趣味的人，一个有益于人民的人，我也没意见。

比如，我从来不删评论，被骂飞了也不点举报，不是因为我宽容有气量肚子里能撑全家桶，只是我觉得有正面评价和负面评价的留言，让我感受到这个回答的真实，让我下次能写得更好。评论区里一派兵戈相见欣欣向荣五军之战XJBD[1]的繁华盛世，我好喜欢。

但生意上我的单哪个乙方要跟我抢，大家都脱三层皮我一一拜访请各路神仙也要争回来。我可不是不记仇的人，我只是不喜欢当面撕×这种没效率没杀伤力的报复方式。要开战就在合适的timing在我备好兵马粮草后在法律允许范围内照着对方七寸彻底打残，别你推人一掌人爬起来捅你一刀到了派出所还得按打架斗殴各打五十大板各付各的医药费处理。网上的是非言论，不值得浪费时间去辩驳而已，说服了又不像睡服了那么让人身心愉悦。

一切都是为了自己，Après moi, le déluge? Je m’en moque.[2]

有些事儿就和做爱一样，自己心无旁贷地投入，全身心去享受了，对方也会获得能从你这儿获得的最好的体验。老想着提高技巧盘算着我该如何comfort（使人愉悦舒畅）身边人回忆着书里写的那些兴奋区域默念九浅一深右三左三摆若鳗行进若蛭步过多地去关注她的感受甚至用语言去确认对方爽不爽到没到你幸福吗，那对方姓鲧。

我这样一个打个出租会在心里感谢司机急人之所急打个黑车都会感谢对方不杀之恩打个专车会感谢师傅让我体验不同车型的人，就稀罕在关门前说声谢谢，习惯而已，不说浑身不舒服。但这不代

[1] XJBD：篮球的专用词，双挡拆战术,火箭主教练麦克海尔的杀招。

[2] 法语，意为：“我死之后，哪管洪水滔天。”意即：身后之事，关我何事。

表我就是一个永远有礼貌从来不爆发的人。

当然，人是社会属性的动物，不能事事都完全由着自己的性子来，尤其还是面对低头不见抬头见的亲密关系的人，那怎么办呢？一个不太喜欢听谢谢的人帮助了你，潇洒地转身觉得他自己酷酷的萌萌哒，那就等他走远后看着他的背影轻声说一声谢谢，说给自己听咯。

过年回家，重新回到习惯说谢谢的大家庭里，重新拾起第一时间字正腔圆报出谢谢而非呵呵的这个习惯呗。

这种见人说人话见猫“喵喵”同样不是为了别人，只是为了少给自己惹上些完全没必要存在的解释的麻烦。

哪些事能
提升老年人的
幸福感？

P R O B L E M

A N S W E R

让他们觉得还能帮到你。

如何评价这段话：

等我女儿长大了，我会告诉她：如果一个男人心疼你挤公交，埋怨你不按时吃饭，一直提醒你少喝酒伤身体，阴雨天嘱咐你下班回家注意安全，生病时发搞笑短信哄你，请不要理他！然后跟那个可以开车送你、生病陪你、吃饭带你、下班接你、跟你说破工作别干了跟我回家的人在一起。嘴上说得再好不如干一件实事，我们都已经过了耳听爱情的年纪！

P R O B L E M

A N S W E R

你家的传家宝竟然是一碗鸡汤。

这究竟是有多穷。

高学历女性做全职主妇是不是一种浪费？

PROBLEM

A N S W E R

构建一个人内心的精神世界，比起建设人类的物质文明，需要更多的知识和更强的思考的能力。

三岁半的女儿问：折纸后为什么会有条线？我该如何回答？

T h e P r e s e n t

女儿突然这么问我，我一下子蒙了，不知道该怎么回答。不想蒙混过关，而且希望我说的话能够对她有启发。究竟该怎么回答这个问题呢？

小芝，你先告诉我，你觉得会是什么原因呢？

小芝，你看，这张图片里长长的墙壁，叫作长城，它是由一块砖一块砖垒起来的，就跟我们搭积木一样。如果你想去看看长城，我们下个月安排时间去。

小芝，长城是很长很长的，如果我们变得特别大特别大，大到一站起来就跟上次坐飞机时一样高，四周都是云，再往下面看，我们还是可以看到长城，因为它实在是太长了。

不过那个时候，我们眼里的长城会变得特别窄特别细，我们就看不清楚长城上的一块块砖了。

这张纸也是一样哦，我们看它的表面平平的，滑滑的，什么都没有，那是因为相比我们，它太薄了。对的，横着的叫窄和宽，卧室的门窄，阳台的门宽，竖着的叫薄和厚，妈妈的手机薄，爸爸的笔记本厚。

小芝，你看，这张纸，和长城一样，也是由一块砖一块砖垒起来的，但是它太薄了，所以你看不见砖块，我也看不见。如果我们变成一只特别小特别小的蚂蚁，站在纸的旁边，我们就可以看到纸上的砖头和缝隙，还可以看出每块砖头的颜色，都是不一样的。这一点，也和长城一样。

小芝，你说，如果咱们把长城折过来，再打开，长城会怎么样？

对的，真聪明，有的砖头会破，有的砖头会碎，很多砖头会掉落下去，很多砖头会不完整。即使我们把长城打开，放回在原来的山上，同样的位置，它被折起过的地方的砖头，也会跟之前的样子不一样。

这个时候我们站起来，站在天上，站在云朵边，远远地看长城，上面也会有一条线，就跟这张纸一样。

小芝，走，咱们去把妈妈的熨斗拿来。

这个熨斗，平时用的时候要插电，插电之后会特别烫，电和高温都是会让我们很疼很疼的，比你上次摔倒，膝盖上的疼还要疼十几倍。所以，你长大之前，摸熨斗或者用熨斗前一定要跟我或者跟妈妈说。现在妈妈不在，你就跟我说吧。

好的，同意，下面咱们可以开始用熨斗了。你来插插头，插这种插头的时候一定不要碰到前面金属的部分，会很疼很疼。如果手上有水也要擦干了再去插插头，不然一样，会很疼很疼。

小芝，你看，纸被我们烫平了，这条线消失了。去把插头拔出来吧，同样，手上有水的时候，也要先把手擦干哦。

现在的熨斗温度依然是非常高的，只可以摸上面的把手，一定不能触摸下面的金属，否则同样会很疼很疼。我们把熨斗放在旁边，等它的温度降下来，再收起来。

小芝，你猜，这张纸是真的变得和以前一模一样了，还是只是我们看不见这条线，但很小很小的蚂蚁依然看得出这张纸和以前有不同呢？

长城被我们折起来再打开，然后我们派了好多好多工人叔叔去修长城，用新的砖头换掉旧的砖头，它可以变得和以前一模一样吗？

对的，颜色可能不同，大小可能不同，更不一样的是，旧的砖头看到过很多很多故事，新的砖头不知道的故事。

新的砖头有自己的优势，它更结实，更轻，但是是旧砖头的记忆更好，还是新砖头的结实更好，我和你分别有自己的标准，可能一样，可能不一样，但我们都不可以代替别人去判断，我们只能说它们，是不一样的。

被熨斗熨平后，我们看不见纸上的线，但是特别小特别小的蚂蚁看得到。特别小特别小的蚂蚁也派出小蚂蚁叔叔去修复纸上的线，直到它们也看不出来区别，还有更小的蚂蚁，能看出来折前折后的不一样。

就好像不管是双十一还是双十二，我都看不出折前折后有什么区别，你的妈妈却能看得清清楚楚明明白白一样。

只要纸被折过，就会留下线，留下痕迹，这痕迹，记录着发生过的一切。

也许小芝看不见，但一定有人能看见。所以，做任何事情前，都要想清楚你可以得到什么，需要付出什么代价，再去决定这件事值不值得你去做。千万千万千万不要指望通过向其他人隐瞒真相而达到自己的目的。

因为一定有人能看见。

来，小芝，咱们先把熨斗收好，我用这张纸，给你折一架大飞机。

如果婚后遇到更合适、更情投意合的今生挚爱，该怎么办？

T h e P r e s e n t

最近看了不少影视作品，脑子里一直在思考这个问题。如果今生挚爱真的是在婚后才遇上，该怎么办？要是去追求这份挚爱，对原配该怎么交代？

曾经，幼稚且幼齿的我，天真而无邪地认为，自己之所以见一个爱一个，是因为还没有遇到传说中给我三颗痣的今生挚爱。

这位挚爱，藏在蝌蚪文掺杂着玛雅文描述的地图里、藏在圣地香巴拉的悬崖下、藏在知识与财富的黄金屋中、藏在九九八十一难后。一旦我找到了她，第一个眼神接触就知道对方是那个我等待已久的人、第一次约会过后就去民政局领证、第一次领完证就去见家长告诉他们她就是这个庞大家族继承人的妻子了就她了就这么定了说什么都没用、第一次做爱就怀孕十个月后产下龙凤三胞胎，从此恩爱有加、父母安康、子女上进、朋友跪拜、买啥啥涨、飞黄腾达、美梦成真、童话加身。

但是，我渐渐发现，越是美丽的姑娘，她们在镜子前涂抹描绘的时间就越长，表情就越是多变：时而绷紧嘴唇，时而鼓起腮帮；越是健谈的姑娘，周末可以陪我出来约会的时间就越少，分配给阅读的不希望被打扰的时间就越多；马甲线越是明显的姑娘，在健身房的表情就越是狰狞；照片越是惊艳且文艺的姑娘，拍过的判若两人或毛孔和鼻孔差不多大的照片数量就越发地庞大；再豪的真乳，躺下也就挺不起来了；跟我在某方面再默契的姑娘，也一定在另外一个领域和自己分属敌对阵营。

如果一个姑娘从来都只把自己光鲜亮丽的一面展示给你看，那要么你俩不熟，要么你特别特别特别地土豪。

一见钟情之后总会有柴米油盐，久处不厌让你着迷的点绝对不是乍见之欢，这个道理没必要非得通过结一次婚才能弄懂吧？

没开过眼界的人，才会误认为遇到的某个人是远高于其他所有人的存在，做这种事儿没必要区分婚前还是婚后，只需要判断是幼稚还是愚蠢。

怎么开眼界？有部电影叫《大开眼戒》，去看看呗。

所以，没有什么女神、没有谁需要你去跪舔求爱、没有什么今生挚爱，只有今天挚爱。

曾经有人给我推销过一种安利的番茄什么素，号称纯度高达100%。

我问他，那我直接买西红柿不好吗，你这一小瓶子的价格我可以买几十斤，榨汁泡澡都够了。

他说，你说的不对，我们的产品纯度高达100%，跟你吃西红柿的效果是完全不同的。

我说，可是我又不是一个100%纯度的西红柿人，100%的你的这个什么素进了我的身体，就跟清水进了染缸一样，怎么着你这玩意儿还能出淤泥而变淤泥为清泉把我给漂红啦？

他想了想，不知道该说什么好。

我说，一看你就刚入洗脑界，我接触过这么多搞传销的，就你跟我讲产品。你该跟我谈梦想啊，来来来，快问我是干什么工作的收入多少，然后打击我。

他恍然大悟，一副听我一席话胜读十年书的表情，频频点头。

婚姻和这个100%纯度的番茄什么素，是一样一样一样的啊。

倘若你不是一个所有方面都大大领先于其他人类的男人，你凭什么幻想自己能找到一个所有方面都大大领先于其他人类的女人，然后步入一段所有方面都大大领先于其他人类的婚姻呢？

你身上这么多臭毛病，真找到一个所有方面都大大领先于其他人类的女人，你压力不大吗？那你的心还真是大。

还是凑合吃点儿西红柿刺身得了，省下来的钱，买点儿排骨熬汤，多香。

从22岁本科刚毕业的时候，我就开始琢磨一个问题：我究竟需要怎样的婚姻？

到现在，在社会浸淫了八年，答案已经比较清晰了：我这样的出身、这样的家庭教育、这样的性格、这样的努力程度、这样的谨慎程度、这样的赌性、这样的三观，基本上确定了今后怎样的生活是最适合我的、怎样的节奏是我最喜欢的、怎样的人生是我最享受的。

所以，我很明确地知道自己要找一个符合且仅需要符合哪几点要求的伴侣，也很清楚地明白我该在多少岁找这样的人结婚，更明确地知道和她在一起我会过得怎生的滋润。

不是看谁好就在心里暗示自己去爱上谁，而是在符合自己要求&愿意嫁给我的姑娘里，找出那个我最爱的。

和未来的那个她组成了家庭之后，即使我遇到了一个三观和我更贴近的、说话更让我觉得开心的、在一起坐着什么都不做也能让我觉得更自在的、活儿更好到爆的、笑起来更美的、待我更温柔的、一起做事儿更默契的，那又如何？

确实新人更好，但好得有限。为了这个某方面一点点的更好，或者所有方面都好那么一点点，或者仅仅是那么一点新鲜感，就去换个老婆？太麻烦，太不值。

我的这个老婆，已经是我找到的相当适合我的姑娘了，她已经是gorgeous了，所以我是不稀罕brilliant的。

但是有些人是在terrible和better之间做比较，还把better误当成best。他们当年匆匆地结婚、一拍大腿就结婚、一摸大腿就结婚、为了不分手而结婚、为了好奇而结婚、为了满足自己的性欲而结婚、为了不戴套爽那一下有了孩子而结婚、为了家长的催促而结婚、为了结婚而结婚，那你们活该婚姻质量低，活该和老婆完全沟通不了、过不下去、连家门都不想迈，活该随便遇到一个姑娘就觉得比自己老婆好千百倍，因为她确实就是比你老婆更适合你千百倍，而且你老婆也被你多年来折磨得比原来的自己黄脸婆了千百倍。

所以，你需要的不是换老婆，而是先离婚，然后好好抽醒自己。

虽然我现在还没结婚，但我近几年经历过的每一个姑娘，包括以后的每一个，都是我结合自己的需求、按照自己的标准找出来的，她们都是我的今生挚爱，每一个人，我都会用100%的感情去对待。

婚后遇到更合适、更情投意合的今生挚爱的各位，你们爱当就自己去当顶天立地敢爱敢恨雷厉风行敢结敢离、不愧对于所有阵营的人、只要遇到能给自己三颗痔的就一定娶回家、左右为难忠孝难两全时就朝天怒吼发发大招打打石头的萧峰吧。我去逍遥自在当我的段正淳好了，只是我不会作死地去招惹刀白凤、周芷若或者李莫愁，我只愿坐拥小昭、阮星竹、甘宝宝、陈圆圆、双儿和曾柔，一曲笑傲江湖，一起笑傲江湖。

和姑娘
开房就一定要
发生点儿什么吗？

T h e P r e s e n t

节假日，大学女同学来我这边玩，在我不知道的情况下她竟然给我们订了标间，两张床那种。房间里浴室门不太好用，她让我不要乱推，同时也在里面上了锁。第二天我们一起去找她的一个师兄同学玩，当着师兄的面又订了一次标间。第三天，她主动问我还要不要一起订标间。旅游前她天天和我聊微信，旅游回来后说我是一个好人，之后聊天的频率显著减少。请问这到底是怎么一回事？

如果一个姑娘和我睡过以后，对我夸赞有加，一起吃早餐时浅笑盈盈，一起沐浴时淫笑浅浅，分别的时候还给我一个长长的法式湿吻，但一周后她从澳洲出差回来，给我带了一大罐袋鼠精，那说明，她对我床上的表现是不满意的。

如果一个员工经常得到老板的表扬，争取到了不少出国培训和出差的机会，第二年升值加薪，换了单独的办公室，但他的老板在没有给他提高任务量的情况下给他配了一个同事或者助理，那说明，老板对他的工作能力是不满意的。

如果一对夫妻，非常疼爱自己的孩子、用心思花时间陪伴、带他走遍每片大陆、满足他的所有愿望，却决定要第二个孩子，那说明，他们家应该还是蛮有钱的。这个例子与题目和上下文无关，我只是接受不了只有两个段落的排比。

姑娘和老板，表面上对别人都是客客气气的，这不叫虚伪，这只是他们有教养懂礼貌的表现。但他们都用实际行动，狠狠地打了别人的脸，并且都是微笑着用一记重击，直接粉碎对方的心。

这样做是不太好的，俗话说，打人不打脸嘛，何况下手还这么重。

一个姑娘，如果愿意和你在同一个房间里度过一晚，你却不主动接近她，因为自己脑子里一些奇怪的想法和没逻辑的判断磨叽纠结了一个晚上，你就是在打姑娘的脸，用实际行动告诉她：你的魅力真小，唤不醒我心中的猛虎，成不了我眼里的蔷薇。

我要是这姑娘，第二天起床就和你分道扬镳。你遇到的这位经验明显不足，连给了你三次机会，结果被你啪啪啪抽了三记耳光。

所以请记住：如果房间里只有你和姑娘两个人，而不是地板上还睡着俩人；如果姑娘主动提出住同一间房，不管是标间大床房圆床房还是套房；如果姑娘愿意和衣或全裸或洗完澡穿着睡衣裹着被子躺在你身边，而不仅仅是让你进屋帮她看个文档或者提个行李；如果姑娘没来大姨妈，你不和她做爱，是非常不礼貌和不尊重人的。

如何巧妙而富有情趣地暗示男人上楼坐坐？

T h e P r e s e n t

男人送我回家，已到楼下，如何巧妙而富有情趣地暗示他上楼坐坐？

盯着他的眼睛看。

一直盯着。

一直看。

痒了憋不住了就眨眼。

此外其他任何动作都不要有。

盯着看。

继续盯着。

不要笑场。

坚持下去。

忍住。

憋不住要笑你就眼睛朝向他的双眸放空。

心里思考问号处的字母是什么：

OTTFFS(?)[1]

什么话都别说。

闭上你的嘴。

实在管不住嘴巴就在心里抽自己一巴掌。

抽得粉底落满地。

然后继续闭上嘴。

敌不动你不动。

敌人假装困惑你不动。

敌人发笑你不动。

[1] 这是数学中的一道找规律题，题中字母为英文1（One）、2（Two）、3（Three）等序列数字的首字母。

敌人发问你不动。
风从你身边掠过。
你不要动。
月光包裹住你俩。
你不要动。
菩提搜遍你全身。
你不要动。
从头到尾只需要盯着。
盯着他的眼睛。
死死地盯住。
谁不认真谁就输了。
输了这次战斗整场战役你就没戏了。
眼睛对对焦。
站好了别晕倒。
一直看。
一直看着。
一直一直一直看下去。
直到。
他凑过来吻你。

你遇到过
最极品的暗示
是什么样的？

T h e P r e s e n t

作为一个男人，你遇到过什么让自己难忘的暗示吗？

姑娘：你喜欢明示还是暗示？

我：明示。

姑娘：如果约你今晚跟我回家，你喜欢听什么样的暗示？

我：……走吧。

事后我想了想，无论我选择明示还是暗示，她的第二句话都可以是这20个字。

有逻辑的大脑，真是性感到让人无法自拔。

男人最需要了解关于女性的什么常识？

T h e P r e s e n t

和女友交往两年了，她总是嫌我不够了解她。平时和女同学聊天，她们也经常说我不懂女人。请问，有什么关于女生的常识，是我需要赶快了解的？

说件女生认为是常识但绝大部分男人浑然不知的事儿：女性同样需要先勃起而后做爱。

阴蒂不光和阴茎是同源物，都由海绵体组成，而且一样具备且阴蒂只具备勃起功能，挂毛巾给小孩当扶手和弹钢琴这些功能都是办不到的。只有勃起后，姑娘才真正进入待进入状态。

在一个姑娘没勃起的时候开始活塞运动，就如同一个女人拿枪顶着你的太阳穴，先吓软你的小兄弟，再让你对着她的胯间凌空做100下腰腹运动，最后她擦擦自己额头上的汗水兴奋地盯着你问，到了吗？射了吗？爽吗？我厉不厉害？边问那把沙漠之鹰边反射着刺眼的节能灯光，期待着你的回答。

这种每天在这个星球上发生无数次的事儿，基本可以算作强奸，只是姑娘念在你俩相交一场的情分上，不揍你不踹你不阉割不报警而已。

在一个姑娘勃起后，恭喜你，在你认识了×××这位女性朋友后，你又结交了一位新朋友：床上的×××。

每个姑娘都能眼如王祖贤、唇如Cameron Diaz[1]、静如俞飞鸿、动如Jenna Haze[2]、玩冰块如钟丽缇、打桌球如Vica Kerekes[3]、娇喘如成贤娥、狂野如Ylvis[4]的，你没见过只是因为你没见过。

[1] 卡梅隆·迪亚茨：1972年8月30日出生于美国加利福尼亚州圣地亚哥，美国女演员。

[2] 珍娜·荷兹（1982年2月22日－ ）：美国电视色情演员，于2001年进入色情电影界。

[3] 维卡·克里克斯：1981年3月28日出生于捷克，演员。代表作品有《有希望的男人》等。

[4] 由挪威卑尔根的两兄弟Vegard和Bård Ylvisåker组成的一个组合。

不存在干涸的姑娘，那是男方前戏功夫浅；

不存在没情趣的姑娘，那是男方太不会调情；

不存在死鱼一样的姑娘，那是男方还没让她勃起就过早开始运动而已。

那要如何让女生勃起呢？之前说过不少，以后也会慢慢补充，这儿就不单独整理罗列惯坏那些懒癌晚期的人了。

以后，不要再问前戏到底要多长，dirty talk究竟得多脏，姑娘的乳头硬了，阴蒂挺了，下面湿润了双眼迷离了，浑身无力地紧绷着，你就该进入下一个阶段了。

这些并非细微的变化都感觉不到的人，叫作糙人、浑人、粗鲁人、莽撞人、愚人、苦人、糊涂人，气死人。

人生苦短，不要打无准备之仗：

最适合强吻的时机，是姑娘给你发出强吻信号之后的那一秒；

最适合表白的时刻，是姑娘盯着手指上亮瞎眼的钻戒和面前单膝跪下的你泪眼开始婆娑之时；

最适合翻身提刀上马的moment（时刻），是双方都已然勃起，导火索刚刚点爆，小当家的美食已经覆盖舌尖的当口。

而绝非仅仅是男性自己欲火焚身觉得可以上了的时候。

所以，约会前，好好磨磨自己的指甲吧，这不叫娘炮，这叫工欲善其事，必先利其器。

如何
优雅地自慰？

P R O B L E M

A N S W E R

男翘兰花指，女露八颗齿。

为什么我们晚上会因为春梦而达到高潮，白天通过想象却不行？

PROBLEM

A N S W E R

因为白天太亮，
落魄的现实会限制你的想象，
随时提醒自己就是一只单身汪。
梦里的你优雅、富有、幽默还不胖，
你想让自己多淫荡，
就能有多棒。

年纪不小了，一直没男友，我该不该找个长期男P友？

PROBLEM

A N S W E R

连一个像样的男朋友都找不到，你竟然奢望自己能慧眼筛选出一个高质量的P友?

走路都没学会呢，就想直接玩跑酷，摔不死你。

我是男同性恋，
感染了艾滋病，
你会因此看不起我吗？

T h e P r e s e n t

男同经常被人歧视，艾滋病患者也是，我既是男同还携带艾滋病，你会因此看不起我吗？

你是男同就如同你是女同或异性恋或双性恋一样，我不会因此远离你或者更接近你；

你染了艾滋病我会和你保持原来的关系，牢记不要和你做爱不同你3P[1]不跟你买一个牌子的刮胡刀；

如果你是因为母婴传染或意外感染上艾滋病，我表示遗憾；

如果你是因为吸毒不自备注射器，私下输血随手拿起一套装备就用，那要么是你吃了没文化的亏，要么是你活该；

如果你做爱不戴套，我看不起你，不管你染没染上艾滋病；

如果你和高危人群做爱还不戴套，这不叫不检点，叫愚蠢。

拒绝歧视，尊重他人，远离蠢货，珍爱生命。

下次提问，一个问题一个问题来，不要把那么多因素看似无心实则有意地混在一起，妄图混淆视听。

[1] 3P：指三人性爱。

在追女生时，
装穷和装富都是撒谎，
为什么结果会不一样？

T h e P r e s e n t

“有钱人装穷追女生”跟“穷人装有钱追女生”，同样是撒谎，为什么结果不一样？

装，都是不友善的，代表着一种我仅仅拿出自己的一部分就足以与100%的你谈笑风生嬉笑怒骂玩弄你于鼓掌之中的不尊重。你描述的两种行为都是很low的。

但高身家扮作低收入和低收入假装高身家这两种low，也还是有高低之分的，真相大白之后摆在姑娘面前的路是完全不同的，结果当然也不一样。

高身家扮作低收入，被发现或者主动坦白之后，姑娘可以选择继续和你过稳稳小幸福的中低消费档次的生活，也可以试试一掷千金买中石油扶老太太的豪情，甚至可以拉着叔伯嫂婶玩一把豪门恩仇，更可以安心地发展一些需要金钱支持且须远离铜臭干扰的兴趣爱好，还可以把以上种种全部经历一遍，以后写本回忆录或者坐在轮椅上跟孙子重孙子边吹牛×边慢慢变老。

低收入假装高身家，被发现或者主动坦白之后，姑娘如果继续和你在一起，一来她必须得改变现在的生活状态，二来改变的方向已经被锁死，就是一路绿油油地奔着跌停去了，一点儿商量的余地都没有，换谁能受得了？

商品摆在展柜里，我可以选择买还是不买，是砍砍价开开心还是挑出四五件告诉导购除了这几件其余的统统按照我的尺码来一套，是买来投资还是买来炫耀，是买了送人还是买回家拍完照发完朋友圈再拿回去退了。但如果你通知我从现在开始咱们不能买了，因为你买不起，原来都是刷卡硬撑着肿脸给我买的，咱们现在要用这钱去菜场买肉最好下午五点去那个时候肉贩子要收摊了能买到特便宜的五花肉，省下的钱拿去还信用卡，你猜我还会不会对你浅笑如花？

你让我没的选，我只能选择离开你。

什么是
气质型女生？

T h e P r e s e n t

经常看到有人评价某某明星有气质，某某是气质型女生。到底如何才能算气质型女生啊？

气质型女生是一种其他人给予的称号，就好像老婆饼、菠萝包、蟹黄豆腐&蚂蚁上树一样名不副实，与气质没多大关系，评判的，是脸。

女生的颜值，从最低到无限大，排序如下：

−7 没有人跟你说过话，但大家都害怕你。

−6 没有人谈论过你。

−5 你的丑是大家共同谈论的对象。

−4 大家都说你还行。

−3 大家都说你能看。

−2 大家都说你像老干部。

−1 大家都说你像班主任。

0 同学们指着毕业照里的你问：这是谁？

1 对你工作的夸奖：真是人不可貌相啊。

2 身边的女生都爱跟你一起合影。

3 身边的女生都爱跟你一起玩。

4 身边的女生介绍你时都用美女这个词。

5 身边的男人不把你当女人。

6 身边的男人把你当朋友。

7 男人不追你，但你主动送还是有不少人要的。

8 男性朋友喝醉了，会想要睡你。

9 你是你备胎的备胎。

10 不少男人主动追你，程序员帮你修电脑，屌丝给你买过早点。

11 能看懂《小时代》。

12 男人不太敢轻易追你。

13 男人追你前都会先挖空心思想半天。

14 看《西西里的美丽传说》会流泪。

15 绝大部分男人根本不敢追你。

16 有钱男人会直接拿钱砸你。

17 明白什么叫红颜薄命。

18 经常感觉到被这个世界温柔相待。

介乎于6“身边的男人把你当朋友”和9“你是你备胎的备胎”之间的，就是大家口中的气质型女生。

和比我大15岁的德国男人恋爱，他会娶我吗？

T h e P r e s e n t

本人24岁，女，他是德国人，快40岁了，未婚无女友。我们两个是一年前在朋友的婚礼上遇见的，婚礼后他就约我出去看了场音乐会，然后就没有联系了。一年过去了，他突然问我要不要一起吃午饭或者晚上一起喝杯东西，当晚我们喝了杯鸡尾酒，聊得很开心，之后我们接吻，他开车送我回家。约会几次后，在他家过了夜。我想知道他是认真对我吗？

一、先性后爱的人，不会强迫自己思考Where are we[1]或Where is this relationship going[2]这种问题，他们喜欢顺其自然，先约会，感觉不好就拉倒、感觉好就上床，性生活和谐又比较谈得来就再约、性生活和谐但不是很谈得来就当个P友、性生活不和谐或者完全谈不来就不再联系。至于性生活和谐又比较谈得来的再约几次之后要不要成为男女朋友，那得看深入了解之后双方是否依然合拍，不合拍的降级为P友。

你问我他是不是认真的？在这种约会模式中，每个人都是认真的，认真对自己、认真对待自己的感觉、认真对待这段关系，但，根本没有认真对对方这个选项。需要认真对你的，只有你本人。你所谓的认真对对方，是在传统的相亲—约见—见家长—下聘礼—办酒席—上床模式中，才需要考虑的问题。

二、在先性后爱的模式里，你不是他的优先选择。婚礼后他就约我出去看了场音乐会，然后就没有联系了。一年过去了，他突然问我要不要一起吃午饭或者晚上一起喝杯东西。这说明通过音乐会那次date的接触，无论是你的性格还是你的性吸引力，对他来讲都是不及格的，你是属于感觉不好就拉倒那一类的。以至于在之后的一年里，那么多可以表达好感或者只是为了保持联系而寒暄几句的日子，他都想不起来你。

一年之后的那一天，他一定是寂寞了，精神和身体都寂寞了，

[1] 意为：我们身处何方。
[2] 意为：这段感情将何去何从。

才会联系到你，而且你一定不是他翻手机时第一个选择联系的人，你只是第一个愿意接受他邀约的人。

一个男人有多温柔，是经验和技巧的问题；你是不是一个男人的优先选择，是需要通过逻辑判断的。他对你好不代表他就特别重视你，这两点之间几乎没有任何关系。就好像一个美食家，无论吃满汉全席还是沙县小吃，都会优雅而凶残地把眼前的食物消灭得干干净净，他现在坐在沙县小吃里一脸幸福，只是因为最近手头紧没钱吃大餐，并不代表在有选择的时候，沙县小吃是他的最爱。

三、生活越有滋味的人，越是惜命。越没什么盼头的人，越倾向于选择玉石俱焚的方法去恐吓对手：因为他的命真的不值钱，所以他成为一个亡命徒的概率会更大。

德国对酒驾管得也挺严的，管得严不代表处罚严厉，但代表平时的宣传力度会很大，宣传盲区少。我不知道你俩在哪个国家，但一个中国人和一个德国人在一起，说你们对酒驾的后果完全不了解，是说不过去的。

一个快40岁，喝了酒还开车的人，或者说明知道要开车还喝酒的人，对你认真不认真我真说不好，但对自己的生命一定是不认真的。

如何改变
分手后感觉被
白白睡了
好几年的想法？

P R O B L E M

A N S W E R

他给你的可是最硬的、想勃立马起、要几次来几次、不挑环境不挑氛围的最宝贵的那几年。

和女友分手后
一直很不安，
害怕她会变坏，
胡乱约会，
各种放纵，
怎么办？

PROBLEM

A N S W E R

其他人的恶劣行径顶多是占着茅坑不拉屎，你这是出了厕所还想锁门。

异地恋烧钱
是分手的
理由吗？

PROBLEM

A N S W E R

在还没涉及婚姻的恋爱里，分手只有一个理由：我没那么喜欢你了。其余的统统都叫作借口。

在游乐场里
抓娃娃，
有什么窍门？

T h e P r e s e n t

经常在游乐场里抓娃娃，很少抓到过。每次眼看着抓准了，娃娃却只是被轻轻地带到一边。和女生一起去玩，总感觉很没面子。玩抓娃娃机，有什么窍门吗？

夹娃娃机，在游戏厅里一直是个需要极高成功率的存在。

第一次夹不到，你和姑娘相视一笑；

第二次夹不到，姑娘给你比画一个加油的手势，你带着自信的笑容，淡定地投币；

第三次夹不到，你自嘲道：要是每次都能成功，老板得亏死；

第四次夹不到，你的表情开始严肃，下巴已然紧绷；

第五次夹不到，你如同落枕一般咔嚓咔嚓扭过头去看姑娘，发现姑娘正低头biubiubiu[1]玩着连连看；

第六次夹不到，你的抬头纹皱到眉梢，你的冷汗流到眼角，你的手指紧紧而颤抖地握着手柄，仿佛想要帮它快一点儿撸出来；

第七次、第八次、第九次……

虽说等待的时间越长，胜利的喜悦越动人心魄，但每个姑娘的耐心都是有限的，有时候等不到见证你大力出奇迹的时刻，就噘着嘴拉着你的衣角把你拽向跳舞机了。

于是你就如同中国男子足球国家队一样，在90分钟不射之后，还要觍着脸赔着笑找出好多理由来为自己开脱：不是我能力不行，只是灯光太暗／抓力太烂／脑袋太圆／四肢不全／信号太差／引力太大／磁场太抖／老板太丑，你要相信我的能力，真的，下次我一定能满足你的。

就算你九浅一深地抓出来了一个，谁又有耐心继续等待你屡败屡战屡败屡战屡败再败一败涂地后偶尔成功的激情一发呢？

[1] 拟声用语。

所以，玩抓娃娃机，必须提高成功率，做到不出手则已，一出手……一出手……一出手……唉，我就弄出来一个。

我的个人浅见，是这样的：

由于机器爪子的抓力和它看起来狰狞的样子差距太大，各位在脑子里不要把它看成抓娃娃机，你得把它定义为啪娃娃机。啪，是你的手掌绷直，指头上不带一勾一刺，朝着对方的小脸蛋儿轻轻扇过去的动作。

千万别指望通过移动—向下—抓住—上升—移动—放开—进洞这一系列动作得到一个娃娃，这是小概率事件。你得利用夹子从张开到收拢产生的那一点点位移，或者往回移动到洞口上方初始位置时的那一点点力量，就好似拿着一把破扇子，用快散架的扇子的边缘，将娃娃啪进洞里。

那么聪明的你一定想到了，我们几乎只可能得到一种姿势的娃娃，就是它身体的一部分，已经高高超过洞口的上沿。看，这个娃娃的重心虽然在外面，但啪一下，还是有很大希望一个跟头栽进来的。在你掌握了这样高强的本领之后，为了让自己成为男一号而不是沦为大反派，切记：

1. 在机器间穿梭观察对比选择的时候不要装×作大死地问姑娘：你看这全天下的娃娃，最喜欢哪一个？朕给你抓来。

2. 适可而止，见好就收。一个游戏厅里在黄金可啪位置上高昂着头矗立着的娃娃就那么几个，啪进最好啪的，保持自己神一样的命中率就可以了，心中得有数，你的成功，是越来越难复制的。

3. 谦虚低调，不居功自傲。看着姑娘开心地抱着战利品，你要像从来没看过我的这篇回答一样，挠挠头，一脸无辜地说：我也不知道今天的运气怎么这么好，再玩下去运气也许就花光啦，走吧咱们玩玩别的去？技高一筹时不刻意显山露水的人，在旁人眼中他的每一次默不作声，才都是与世无争。

只有脑子的云天明教导过没有脑子的我们，如果你认识一个喜欢星星的姑娘，那你就要送她一个宇宙，这样即使你和她的闺密余生厮守，她也会永远对你蛾火相投。

同理，如果你认识一个喜欢抓娃娃的姑娘，你除了可以帮她抓好多好多娃娃，你还可以送她一台装满了娃娃的机器。

自己去淘宝上搜吧，样式多，颜色全，价格还便宜，同样是小红帽，连100块都不需要。

量量出物口的大小，自己置办些娃娃、手办、U盘、胸针、耳钉、吊坠、玫瑰花的种子、试用装的香水，放进机器里。车钥匙和新房钥匙也是放得进去的，各位自行选择，丰俭由人。

如果想要求婚，用糖纸包个戒指扔进去。

友情提示：这种迷你娃娃机顶部的进物口和底部的出物口尺寸不一样，比如三个装的套套就能塞进去但刚好掉不出来，会很尴尬地卡在出物口，让你一颗滚烫的心在南方的艳阳里拔凉拔凉。

屠龙刀在手，去吧皮卡丘。

男生
是不是都喜欢
长头发的女生？

T h e P r e s e n t

很多男生对我说他们喜欢乌黑靓丽、长发飘飘的女生。请问，男生都是这样的吗？

一个身高170+的姑娘，长发及臀。

她先沐浴完，趴在床上玩手机，秀发如瀑布般从后背一直倾泻至大腿。

阳光透过落地窗照在她的身上，阴影和光芒交汇成的油画映射在床沿（这家酒店是附近最高的一栋楼，所以就没拉窗帘）。

我从她身后浴室走出来的时候，看到的就是这一幕。然后，她转头侧身，瀑布从背部滑落，依次露出她的臀部、腰窝、S形的曲线和嘴角歪向一边的浅笑。

太美了！

真的太美了！

美得我简直想放弃整个森林！

那一刻，任何文字的描述，都是苍白无力的。

而后，她起身向我走来的时候，随着身体的起伏摆动的长发，让她就好像正在使出天龙座最大奥义庐山百龙霸的紫龙。

这样的姑娘，叫人怎能不爱？

摸女生的手，女生说“你占我便宜”，该怎么办？

P R O B L E M

A N S W E R

牵起她的手，对她笑一笑，继续往前走。

和女友用餐，推销员趁机向我推销价格明显虚高的红酒，我该怎么办？

PROBLEM

A N S W E R

不明白“拒绝不等于丢人”，认为“钱能买来面子”的人，迟早是要被坑的。

你逃得过这瓶红酒，前面还有八心八钻。

你不弄丢上辈子的钻石项链，也躲不过这辈子的大金链子浮上水面。

交往中
总是犯错，
不懂得与男友
交往的底线
该怎么办？

P R O B L E M

A N S W E R

新手村[1]是这样的，各种花样作死各种怀疑人生，屁大点儿问题都是天大的事儿。

多打怪赶紧升级就是了。

[1] 新手村：网络游戏用语，指玩家第一次进入游戏时所在的地方。玩家将在这里度过游戏的初期阶段。其中有一些店铺商贾，出售食物、衣装、草药、兵器等物品，并提供一些对新人有所帮助的服务，以满足玩家在游戏初期的需求。

男生看成人片
算是对女朋友的
肉体和精神的背叛吗？

T h e P r e s e n t

有一次借男友电脑写作业，发现他电脑里有好多成人片，点开看了看，觉得好恶心。他这样做，算是对我的背叛吗？

是的，有女友的男生看成人片就是对女友精神和肉体的双重背叛。

不仅仅是背叛，看成人片的男生还让人有种恶心的感觉。

两个人既然选择了对方，从那一刻起，就应该只疼对方一个人，宠她爱她，永远不欺骗她，手机邮箱QQ微信陌陌无秘知乎豆瓣借记卡信用卡的密码统统告诉她，答应她的每一件事情都要做到，对她讲的每一句话都是真话，不欺负她骂她无条件相信她，有人欺负她，第一时间站出来帮她，她开心的时候陪着她开心，她不开心哄她开心，永远觉得她最漂亮，做梦都只会梦见她，在心里只有她一个人，撸管只对着她的照片，她在身边时眼里只有她，她不在了种棵树天天望着亭亭如盖思念她。

所以，当我得知女朋友买了李敏镐演唱会门票的那天，我毅然决然和她分手了。

教官男朋友老想和我上床，我该怎么办？

T h e P r e s e n t

男朋友是我军训教官，现在异地，我们在一起刚一个多月。他老是和我聊与性相关的话题，说想上我，可是我今年才大一，未成年，我有一点儿觉得他是为了和我发生关系才和我在一起。请问他老是开黄腔，是什么心理呢？

这种能被军训教官忽悠到手的姑娘，你给她拎出一个坑，她会屁颠屁颠地跑往下一口井。来这儿提问也只为求一个支持她的答案，并且觉得自己萌萌哒。

不如省点精力，在能看到效果的范围内，提供一点儿帮助。

姑娘你好，请记住了：

做爱必须戴套，否则哪怕是第一次，也一定会怀孕；

打胎前后需要至少8000元，广告里那些一两千的，等你躺进手术室后，会有额外收费；

他很爱你，但是他的钱刚给老家盖房子了，所以他拿不出；

你没那么多钱，于是你找闺密借，闺密会把这事儿告诉全年级以及全校所有可以告诉的人；

你给家里人打电话，你爸爸勃然大怒，要上部队找他理论；你爸爸说的方言卫兵听不懂，你爸爸往里面硬闯，你爸爸被卫兵打进医院，没有任何赔偿；

你偷偷吃打胎药，会大出血，昏倒在洗手间；

救护车出车一次大概1500元，这笔钱得你家里来出；

老师送你去医院，知道了你的事情后，上报到院里，你被开除；

回到家你爸妈天天唠叨这事儿，你觉得很烦，于是出门打工；

遇到另外一个不嫌弃你不是处女、对你好、很爱你的打工仔；

你在日记本里写道，他就是你的the one，为了省房租，你们搬到一起住，然后你怀孕；

一般这样做爱两次怀孕两次的，第二次打胎后会习惯性流产；

打胎的钱是你爸爸坐火车带来的，这次他打过了打工仔，拘留

15天，赔偿12000元；

再次回到家里，你郁闷，你胡吃海塞，然后胖得不成人样；

家里天天逼你相亲，最后嫁了个有残疾的；

当他发现你打过胎并且习惯性流产后，他开始打你；

好在他只能用一只手打你，于是你们过上了幸福的生活。

所以，你自己选咯，第一次跟你的教官好哥哥做爱时戴套，或者踏上幸福生活的旅程。

男友说“如果一起遇到五个流氓，他不会反抗”，该怎么办？

T h e P r e s e n t

今天跟男朋友聊到，假期出去旅游有点儿紧张，因为在一个新的未知的环境里，万一遇到未知的危险就很无助。他说，如果抢钱的话，就让他抢吧，如果劫色……我顺着他的话问，如果有人劫我色怎么办，他脱口而出，如果对方是五个人这样，我反抗肯定会死，我也没办法。

我又确定地问他，所以就看着我被凌辱什么也不做吗？他有点儿无所谓地耸耸肩说，没办法，我反抗就会白白送死啊。我知道这样比较理智，毕竟我们身后站着自己的父母，还有许多关心在乎我们的人，我也不希望他为我送命。可是我又不理解他可以眼睁睁地看着女朋友被侮辱却什么也不做。我该怎么办？

面对“遇到五个流氓劫色你会怎样应对”这样的问题，能第一时间在方案、措辞、语气、语速、动作、话题转换等方面做出让姑娘满意回答的男性，无论他的回答是怎样让你凤颜大悦，在真遇上五个流氓的时候，他是一定会选择不反抗的。

因为这类男人，总会在第一时间全盘分析局势并做出相对理性和个人利益最大化的选择。比如面对这个问题，他脑子里分析的根本不是1 VS 5打不打得过、带着你跑能不能跑得掉等情况，而是如何哄你能让你开心、怎么说能让你觉得他比别人都爱你、你问这个问题的诉求是什么、你最希望听到怎样的回答。

反正就是说说而已，只要不让我把两头牛捐给国家，其他的怎样都好。

被五个流氓给堵了，理性的做法当然是不要正面对抗。

面对“遇到五个流氓劫色你会怎样应对”这样的问题，认真抉择沉思良久犹豫不决一脸死寂的男性，真的遇到五个流氓，大部分也会在考虑过后选择不抵抗，但如果真有人会冲动会热血上脑会豁出命去保护女友，那他一定出在这些人里。

拍着胸脯号称要保护的，肯定不会出头；没给出让你满意答案的，有一定概率会拼死一搏。

当然，如果运气好，他刚做出杀一个不亏多废一个就赚了的姿态，小流氓也许就被吓跑了。

如果女友一本正经地问我，遇到五个流氓劫色我会怎样应对，并用期待的眼神盯着我的脸庞，平时甜言蜜语张口就来，聊天原则是往死里夸的我，这个时候也会沉默，我在思考一个问题：我究竟是什么时候瞎的？

一个人对另外一个人的每一分爱，都是有理由的；一个人对另外一个人的接受，也都是有底线的。五官没那么精致没关系，你笑起来够自然，我就喜欢；身材不够火爆没关系，懂得如何尽性地使用自己的身体，就好；见过的世面不大没关系，只要不在坐井观天的时候以为头顶的圆就是整个宇宙，保持对未知的敬畏，咱俩就能一起逍遥；喜欢我不喜欢的，不喜欢我喜欢的没关系，给彼此留下足够多的私人空间和时间，不强求每分每秒都要在一起，就能在一起；处事方法有分歧没关系，提前沟通好，分好工，各负各的责，咱们一样能合作。

但，一个姑娘的蠢，如果让她会轻易地被各种人或文洗脑，并由此影响到我的生活，我拒绝。

你当然可以看脑残节目，我没事儿的时候也经常翻到些胡编乱造做工粗糙的就不换台了，但看完之后把自己代入那些对抗极为激烈的不接地气的情节，还没事儿找事儿来问我一些问了也得不出真实答案、不管怎么选择样本调研结果一定不会准、一开口明显就是求认同感的问题，那你现在就从我的生命里消失好了，或者我辛苦辛苦迈迈腿，从您的生命里消失？

有一千给你花一千和有一千万给你花十万的男人，选哪个？选你大爷，老子以后一分钱都不要花在你身上。

我和你妈一起落水了你先救谁？就凭你问这问题的智商，你也配跟我妈比？

在一个盛大的party中，有人做了这样一个试验。他说他愿意用五块钱买任何人的女友，他一开口，遭到了在场所有人的唾骂，每个人都对他嗤之以鼻，骂他是神经病。他说你们别急，我还没有说完呢，我现在出50块钱。结果他又被痛骂了一顿。他说他现在出500元，结果还是一样。他一步一步往上加，当出价到50000元的时候已经有人动心。“50万元。”他说。已经有一半人动摇了，但仍有不少人还坚信着爱情，顽强地坚守着最后一分坚贞。“500万元。”他喊这个价码的时候绝大部分人已经完全投降了。有人喊道：给我，我立即把女友给你，爱情在500万元面前狗屁不值！“5000万元。”没有人再坚持了。爱情在庞大的金钱的攻击下，彻底瘫痪了。刚才在五块钱面前自以为圣洁崇高的，相信爱情不可亵渎的男人，如今乖乖地猥琐地跪倒在金钱脚下。每一个人都相信自己的爱情是纯洁的，伟大的，神圣不可侵犯的，只是因为没有足够多的诱惑，金钱的砝码还不够重。当有人出价5000万元还买不走你的爱人时，也许你确实找到了真正的爱情。在俗世面前，很少有穷人不对金钱动心的。有时我们自以为自己超凡脱俗那是因为物质的诱惑还不够大，金钱的砝码还不够重。

你让我看完这一段，然后问我：如果是你，你会换吗？

——第一次喊叫是多少来着？

——五块。

——成交，拿草席给范厨师包上。

写这文章的家伙连party都拼不对满篇的错别字，标点符号用得一看就是个小学肄业生。一个连工作都找不到的人都能把你忽悠到心服口服思考人生，能卖出五块我净赚五块好吗。

以上是序，下面进入正题。

姑娘，你面对的，是完全不同的问题，和强奸无关、和劫色无关、和流氓无关。

你的男友不是直男癌，他是心机屌。

根据你的描述，我还原一下你俩的对话。

女：出去旅行，在一个陌生的环境里，万一遇到未知的危险该多么无助啊。

男：是的，如果遇到劫财的话，那就把钱都给他，如果遇到劫色怎么办……（停顿）

女：对呀，如果遇到要劫我色的人怎么办？

男：嗯，如果对方是五个人的话，我什么都做不了。

女：真的吗？所以就看着我被凌辱什么也不做吗？

男：没办法，我反抗就是白白送死。

姑娘，你从上往下仔细阅读一遍，你不觉得奇怪吗？

你只是说到未知的危险，他主动提出有人劫财；你还没想到自己的清白有可能受损，他紧跟着抛出劫色的问题，还故意停顿引发你思考逼着你接话；你问他遇到劫色怎么办，他跳过打得过对方和 1 VS 1（初级水平者）有可能一搏的情况直接设定出了五个肌肉油亮的流氓；你问他就这么看着你被轮奸是吗，他的回答不考虑你的得失而是简单粗暴地从自己的利益角度出发表示会白白送死，对你的遭遇和感受一句不提。

你们当初刚认识的时候，他追你的期间，也是这样会聊天吗?

那请问，你究竟是什么时候瞎的?

情商低的人确实不懂如何把对话往有利于自己的方向去引导，但他们更无法做到每一句话都让自己陷入更加不利的局面。后者比起前者，操作起来更困难，你看，王难姑为了证明自己医术超过胡青牛，不是去抢他医仙的旗号，而是自己当毒仙，下医仙也没法儿解的毒。

三句话，就把闲聊到的旅行安全问题，上升到贞操观的碰撞，一路穿过生死选择和利己主义，最终达到探讨死得不得其所的人生意义高度。给你布置个这样的提纲，你能交出如此字字诛心的作业吗?

所以，我认为，他是故意的。

这是冷暴力分手的第一步，在你心里埋下硌硬的种子。

你们当然会和好，但一定做不到如初了。

然后你会依次见到第二步“我是真的忙不是不想陪你”，第三步“我这还不都是为了我们你能不能不要无理取闹”，第四步“你要真这么想那我也没办法”，以及第五步“真·终の奥义：好吧，如果这是你最后的决定我尊重你的选择”。

最终，在共同熟人的眼里，你无理取闹无情分手，他忍痛割爱痛彻心扉，四周响起一剪梅，天空飘落六月雪。

如何辨别亲密关系中的冷暴力，遭遇时该如何应对？

T h e P r e s e n t

我现在非常苦恼，不知道该怎么办才好。两个月前我认识了现在的男友，当时他对我很热情，也很懂得照顾我。可是最近他经常不回我的信息，打电话时匆匆说几句就着急挂电话，请问我是不是遇到了冷暴力？我该怎么办？

为什么要辨别他的行为究竟是不是冷暴力？你知道了是或不是，又有什么意义呢？

得出一个是不是的结论，下一步无非就是凑出各种理由在心里为对方百般开脱：

他现在是故意对我冷淡、轻视、放任、疏远和漠不关心，所以，“他原来不是这个样子”“他本可以对我更好”“过段时间等他恢复正常了他会像原来一样好好待我”“考虑到这段时间我受的委屈他以后一定会加倍疼我”。

他现在不是故意对我冷淡、轻视、放任、疏远和漠不关心，所以，“他本来就是这个样子的”“他只是不会表达其实他是很爱我的”“他不只是对我这样对其他人也很冷淡啊”“男人都这样等结婚了有孩子了就会收心的”。

当你的脑子里悬浮的都是这样的弹幕时，无论他是不是对你实施冷暴力，你都倾向于认为这是一个每个人都经历过的、短暂的、一辈子只有一次的美丽的误会。而后，继续宽慰自己，继续忍受漠视，继续接受现实，继续不离不弃。

那还不如一开始就接受“此生只有人甩我不可我甩人”的设定，免去那个自己骗自己的过程，少一些愚蠢的痛苦，多几分智障的洒脱。

老是热脸贴冷暴力，时间长了，冷暴力会被你焐成火辣辣的家暴的。

其实，一个人对你好不好，是论迹不论心的。

他想对你好却不知道如何对你好、他不想对你好于是对你越来越不好和他自以为这样做是对你好却让你觉得他对你很不好，最后的效果是一样的：他对待你的方式，让你很不开心。

为什么要赖在一个“和他在一起还不如自个儿待着舒坦”的人身边呢？

你说刚认识的时候他是多么温柔体贴风趣幽默，你说你不想失去一个以后可以带给你幸福的人，傻孩子，用过去完成时和一般将来时代替现在进行时，你的卷面可是零分哦。

更别提有的人，写作文时从头到尾，每一句都是虚拟语气。

人性如此自私，人心那么复杂，干吗非要自找不痛快去研究一个人心理变化的原因呢？他是因为腻歪了、因为工作压力太大了、因为被坏人勾引了、因为被淫人带坏了、因为失忆了、因为失聪了、因为失禁了以至于不自信了还是因为在广西巴乃被人调包了所以他变了，这些都不是你需要考虑的，你只需要做出判断：现在的他，对你够不够好。

异地还是ED（阳痿），原因不重要，重要的是在你需要的时候他不能满足你，那，就离开他。

男人如何
看待在公开场合
谈论性话题的女人？

T h e P r e s e n t

那些在公开场合聊性话题的女人，男人是觉得无所谓只是聊天，还是觉得她们更容易接近，或是觉得她们过于轻浮呢？

我仅从个人的角度来诠释一下我眼中的两种女生：讨论性的和不讨论性的。不代表任何其他雄性。

当多人一起讨论成人话题的时候，性经验丰富的（也许就是你所谓的床上放得开的放荡的）姑娘会时而心不在焉玩手机或者其他东西（当前讨论的部分她早就知道啦），时而仿佛发呆一般神游窗外（她在脑海里想象此刻说的这个她没经历过的体位/玩法是否真的给力），时而淡定地看着你（你丫吹牛×被她发现啦，不过她决定当一个安静的美女子不戳穿你），时而抿嘴微笑（我擦这句好内涵，不过她还是get到啦）。

而那些空窗期漫长力比多明显不足荷尔蒙胡乱分泌内啡肽找不到输出渠道的姑娘，大家讨论的成人话题，由于你所说的大部分事情都只存在于她的想象里，你说野战她只撞过床头、你说意大利吊灯她只试过男上女下、你说Lelo[1]多味气氛情趣低温蜡烛她每次还没湿对方就进来还没反应过来对方就结束了、你说三管齐下她甚至都不知道是哪仨，60%～90%的信息对于她来讲都是闻所未闻的。

一个长期无人陪伴的女子，由于内心深处的自卑，在人前又是要强的。因为，她（后文简称空窗女）不希望让你们知道她并不知道你们在说什么，所以，她会用有限的知识和精力和你夸夸其谈，或高度迎合或强烈反对你的意见，以表现出其实自己不是你们背后议论时口中没人要的姑娘相反老娘还很抢手呢：

你聊到苍井空，空窗女会说还有武藤兰呢，而性经验丰富的姑

[1] Lelo：世界顶级私密生活产品设计品牌。

娘（后文简称情调女）看过太多国内的日韩的欧美的人兽的也照着做过不少，总不能一一给你报一遍AV贯口[2]吧；

你聊到把姑娘顶到落地窗前做特别刺激，空窗女会斥责你不保护姑娘隐私如果被对面和楼下的人看到了偷拍到了怎么办，而情调女楼梯间教室游乐场办公室洗手间都玩过，所以她会神游窗外地想想在落地窗前会是怎样的一番感受；

你聊到从正上方往正下方冲刺的快感和激情，空窗女会一脸的不屑告诉你自己都试过还是男上女下最容易到高潮（其实既没试过也没高潮过），而情调女被从四象八卦64个方位都干过，所以她只会安静地看着你；

你聊到和网友第一次见面就接吻抚摩，空窗女会说你这个纯屌丝我从来都不会如何如何如何只和爱的人才怎样怎样怎样，而情调女和没见过的网友phone sex（电话性爱）和第一次见的玩3P，所以她只会听着你说的话玩着手机。

许多男生由于经验不足，总会误以为参与成人话题讨论的姑娘就=卧槽NB这个够放荡可以约啊，安静地待在一边不开口的姑娘就是纯洁纯情不可玷污的乖乖女咯。其实，听厉害教授的讲座，有相关知识储备的本科生会认真思考勤奋做笔记，而课堂上的小学生才会通过嚷嚷着接话或站起来反对，来表明自己其实并非完全一无

[2] 贯口：对口相声中常见的表现形式，也叫“背口”。“贯口”的“贯”字，是一气呵成、一贯到底的意思。常见的段子如《报菜名》《八扇屏》《白事会》都含有大段的贯口。

所知……

至于你所说一对一交流时聊到的与不同身材女生做爱的体验、情趣制服的选择、选炮架子是选直的还是长的、你能一眼看出我的字母和数字吗等问题，sorry，由于你和男友都是利益相关方，从他那里很难得到客观答案。你是C，他当然天天夸你丰满到让他恨不得24小时把脑袋埋里面；你要是A，他会说胸小算什么不平胸如何平天下老子就是这么任性地爱着这样可以一手掌握的亲爱的你看咱俩的心可以贴得多近啊。而且，在他这个直男看来，任何相关讨论都是你的前戏&dirty talk。

真要得到相对真实的individual（个人的、独特的）答案（每个答案只对回答者本身有用，想要做社会调研你的样本至少得是三位数），那就是在和P友第一发过后的事后烟期间，这个可得抓紧哦，技能一旦冷却，他嘴里说出的每一个字，又都演变成过肾不过脑子的糖衣炮弹了。

如何看待
女生拍私房照？

T h e　P r e s e n t

私房界潜规则真的很多吗？拍私房照约等于发生关系，这是偏见还是事实？

一个姑娘，她想和别人上床，抽根烟的工夫都能和同事在防火层来一发，还用得着假模假式地打着拍私房照的名义？

她不想和这个拿相机的上床，脱光了全裸了，对方勃起影响走位了，姑娘一卷纸巾朝着裤裆砸过去，和衣坐起，“自己去洗手间解决，完了回来继续拍，赶紧的别耽误工夫，我等会儿可还有正事儿。”

一个姑娘，和别人睡了，不代表你就不是她心里最信任和最倚重的同龄男性。

只和你上过床，也不代表她就一定对你有真感情。

拍私房照这种用镜头留住身体的美丽的行为，我一个出去度假都不拍照发朋友圈的人自然看不上眼，可有的人就是享受这个过程喜欢看着自己呈现出来的青春，喜好不同而已，没有高下之分。行为本身没有对错，是专业还是猥琐，是艺术还是色情，完全取决于每一次参与的人群。

各位着急上火牛黄上清丸混着速效救心丸吃的男朋友，这种事儿，堵，是堵不住的，看得见的，你强行制止了，在自己和女友之间造成了裂痕，她会义无反顾地投向那些你看不见的。对于各位男友来讲，“疏导”的方法就是多读书、多思考、多赚钱、多运动，让自己变得更有魅力，女友自然会多爱你一些、多珍惜你一点儿、做违背你意愿的事儿之前也会多权衡一下。那个时候她要是和你依然摩擦摩擦摩擦，你也就别玩萝莉培养了，换个三观更一致脸庞更迷人身材更火爆的呗。

相反，要是谁看谁都不对眼，俩人互相比着懒得进步，吊死自己也要耗死对方这棵歪脖子树，你限制我跟其他异性接触我就给你约法十三章，那我问你：你知道大禹的爸爸，当年因为到处堵水而治水失败，被刑罚致死的那个人，叫什么名字吗？

什么原则是你一定会遵守的？

PROBLEM

A N S W E R

一定要戴套，坚决不拍照。

暖男和绅士之间的差别在哪里？

PROBLEM

A N S W E R

对弱者不分男女老幼行举手之劳，是绅士；
对女性不分单恋婚离献谄媚之色，是暖男。

频繁地对女友输出价值观是正确的吗？

女友今年22岁，小我三岁，在我眼里她像个稚气的孩子，什么都依赖我。遇到我之前，她过着弱智儿童欢乐多的生活。跟我在一起后，我尝试用过各种不同的方式盼望着她成长。我几乎每天都会对她输出各种价值观，希望她接触了解更多，认真工作、多看书、少看韩剧、别把时间浪费在没意义的事情上、抛开一切社会给你添加的标签和属性后认清你的本质和价值、学会独立思考、遇到困难要多动脑不要依赖其他人、不要为了男人而活、教她打扮、学会对自己好。但我也不想改变她的性格，不想她过得太累。所以，这样的引导行为应该进行下去吗？

P R O B L E M

A N S W E R

你似乎没搞明白：姑娘找大叔，是为了安心当一个快乐的小萝莉，而不是尽快修炼成一位优秀的大婶。

是否该向
男友坦白自己
的性经历？

T h e P r e s e n t

曾在交友时发生性行为的那些姑娘，如果以后找到正式男朋友，会如实坦白自己的性经历，还是会选择彻底隐藏？如果被男友发现又该怎么办呢？

对一个人的好感，在绝大部分情况下，是逐渐增加的。

他今天对我微笑，我觉得还蛮nice（不错）；明天他随手帮我搬东西，我认为有绅士风度；之后一起出去应酬时他主动帮我挡酒、他哼了一首我喜欢的歌、他开会时据理力争的样子帅呆了，于是开始喜欢上他。

第一眼看到新来的同事时，她笑起来嘴角俏皮地斜向一边，哎哟不错哟；第二天看到她穿冲锋衣都能撑得呼之欲出，我笑起来时的嘴角也斜向了一边；周末约她吃饭她愉快地大快朵颐、看电影时她专注的神情好美、一起回到宾馆她活儿好得让人无法自拔，于是开始喜欢上她。

同样，对一个人的厌恶，在绝大部分情况下，也是逐渐加深的。

极少的时候，一个人当着你的面砍了你青梅竹马九刀，或者一个人当着你的面砍了你老板九刀，你对他的好恶感才会瞬间翻番。

幼稚之人的幼稚之处，就在于他们不接受渐变的过程，他们的眼里只有两极：要么爱我要么不爱我、要么陌路要么亲密的男女朋友、要么毫无保留的夫妻要么层层设防的敌人、要么不计回报地相助要么背后插刀的小人。

究其原因，大概是他们的玻璃心无法承受两人之间的距离时时刻刻都在变化的事实，他们的魅力之低和不思进取让他们过了这个村就找不到下个店，所以需要一个名分做的保险箱，来锁定自己“非单身狗”的状态吧。

所以，他们傻呵呵地非要去表白、会为了你能答应做他女友而搞一个惊天动地的排场、会因为你作为她的男友却不告诉她手机密码而哭闹、会觉得你都已经娶我了怎么还跟别的女人发信息你心里是不是只有她没有我了你这个渣男。

其实，我对每一个人的感觉，每次沟通后，都是会有改变的。

看着顺眼，就接近；觉得惹火，就求欢；谈得到一块儿，和她去旅行；在一起怎么过怎么舒坦，娶她回家。

她貌美如花，我就去跟她讲话。她淫笑浅浅，我就拉着她的手去图书馆后的小树林探险。去宾馆的路上她买了个毛鸡蛋，我远远地等她吃完，跟她说：太晚了，我送你回宿舍吧。

哪儿那么些个“备胎”“男友”“正式男友”“一被子的女友”“一辈子的女友”和“刚交的朋友”的标签？分这么细你累不累？

那要不要向男友坦白自己的性经历呢？

首先，这并不违背人性，跟喜欢的人约个会上个床，是人生乐趣。没有交流见面就睡、不太喜欢没什么好感关上灯继续脱裤子的行为，比这要low。

其次，我不会告诉任何一个人我的所有过去，啰唆；也不存在哪一件事儿是我不能告诉任何一个人的，除非涉及其他人的隐私。至于我跟不跟你说，跟你说什么，取决于我俩关系到底有多近。开口之前都不确定你听过这句话会欣然鼓掌还是瞬间炸毛的话，我为什么要说？

最后，连性观念是否一致都没确认，就男朋友女朋友了，你们活得真随性啊。到底是实在没其他异性可挑了，还是好奇心和好感傻傻分不清楚呢？

你已经在用买彩票的心态去谈恋爱了，可千万别再用恋爱的热忱去买彩票哦。

被男朋友发现我打过胎，怎么办？

T h e P r e s e n t

去年年初跟前男友在一起的时候查出怀孕了，当时准备想要，但也就在查出怀孕的那几天，发现他出轨了，考虑再三决定打胎并且分手。今年遇到我现男友，感情很好，但我始终没有把我打胎的事情讲出来，我觉得这个事已经是事实，我只想好好经营我们的感情，我不想因为这个事情让他难过破坏我们的感情，但是，就在决定领证的前两天，他查出来我打胎的记录，并说，死过人的房子，谁要。面对这样的局面我不知该如何是好。

我说女人最性感的器官是大脑，可我没说过我不看脸啊，相反，我对约会姑娘的颜值，要求特别高，比一般男人的高得多。我只是，更看重一个姑娘有没有脑子。有脸有气质那就叫女神，主要看气质的那些，脸，没法儿看。

我说男人只要坦荡，就可以得到青睐，可我没说过男人可以没有魅力，得到青睐并不等于纵横情场啊。一个是此题得分，一个是总成绩A+。没有魅力仅仅是坦荡，你能吸引到谁？没有魅力你有什么资本去坦荡？

我以为对女人来讲这是一个看脸的世界和男人得有魅力才能吸引到女人，这些都是常识。现在我发现，原来很多人不认为这是常识。而且我以前并没有意识到自己的常识不等同于别人的常识这个常识。

那么，咱们重新说。

一个人坦荡，那么他在筛选伴侣的时候，无论是否在一起，在一起多久，双方都会很开心；

一个人有魅力，那么他在筛选伴侣的时候，选择会多得多；

有魅力又坦荡的人，生命的大部分时间里，都笑得合不拢嘴；

有魅力不坦荡的人，人渣中的人渣中的人渣中的人渣中的人渣；

没魅力但坦荡的人，可敬、可叹、可怜、可悲；

没魅力又不坦荡的人，就如同提问的你一样，生活一定是一个乱糟糟，接着又一个乱糟糟。

凡是有可能成为任何一个人死穴的事情，比如打过胎，都要在关系更进一步后、在你觉得你俩的亲密程度已经可以就这个事情交换意见交流看法的时候，第一时间把自己的情况告诉身边那个人，否则你就是在浪费自己的时间和生命。你们相处的时间再长、关系进展得再快、领的证再多、儿女长得再大，定时炸弹还是定时炸弹，只是你不知道爆炸的时间而已。炸弹一旦引爆，造成多大的损失，你完全掌控不了，只能闭着眼赌一把自己的运气。

你看，有我这样觉得打过胎根本就不叫事儿的人。对我来说，打胎当然有负面影响，但是影响极其极其小，两个其他方面一模一样的姑娘，一个打过胎，一个吃过毛鸡蛋，必须二选一的话，我会毫不犹豫地牵起打过胎的姑娘的手，离开。

当然，如果有第三个在其他方面和她俩一模一样的姑娘，既没打过胎又没吃过毛鸡蛋，我一定选这个姑娘。只是世界上不存在其他方面一模一样的人，甚至接近的都没有，人和人之间，千差万别。

虽然我近几年不打算结婚，也不会在不打算结婚的时候成为任何人的男友，但我上面说的，就是选老婆的标准。

也有一些人，认为打没打过胎，非常非常重要，打过胎的女人，绝对不可以娶回家。他们和我，只是选择伴侣的标准不同，并没有高低对错之分。

可是你怎么知道，你的男友究竟是在这个问题下写回答的哪一个人呢？是我，还是他们？你应该第一时间告诉我们你打过胎，然后留下我跟我续约，和他们好合好散。

先说出来，你就是在筛选，是把地雷全都清理干净，再在地上撒欢滚来滚去晒太阳；等到逼不得已的时候再被迫说出来，你就是在赌，对后续的发展，你完全失去了掌控。

而且那时候有可能，你面对的是一个没有任何赢面的赌局：我虽然基本上不在乎一个姑娘有没有打过胎，但我非常看重一个姑娘会不会去隐瞒一些根本不可能瞒得住的东西，因为我会嫌弃她的蠢。至于当年她究竟是主动选择不戴套还是因为概率而怀孕、打胎影不影响以后的生育，这是另外两个问题，我会一一分别考虑。

前面说的是坦荡，下面我们来说魅力。

为了让自己不过上可敬、可叹、可怜、可悲的生活，你还需要做到，尽量提高自己各方面的能力、综合实力和个人魅力。

死过人的房子谁还要，这句话，不但是一句相当不尊重人的话，也是一句非常没有逻辑的话。

白宫死过人，让你搬进去住，你去不去?

唐宁街10号死过人，让你进去当主人，你当不当?

乾清宫里冤魂无数，朝廷真给你发个offer，别说乾清宫了，让你当个答应估计你都乐开了花屁颠屁颠开始收拾行李了吧?

如家倒是没死过人、七天是直接找新楼盘改的、汉庭还有人每天给你叠被子倒垃圾，让你卖了房天天住，你住吗?

王菲是没打过胎，但她有孩子。你问这帮义愤填膺满嘴死过人的房子谁要的人，入赘王菲家，他们干不干?

那个想劝男友春节前结扎的女人，貌似是没打过胎的，现在也快到春节了，你看他们会不会排着队去等咔嚓?

不是你做的事儿，大家都不认可、不理解、不懂你，而是你魅力太小，选择太少，只好在一帮矮子里拔将军，在一群直男癌里求温暖。

你在目前的条件下，能接触到的大家，太少了。

所以你遇到现男友，看到了他让你满意的一部分，也让他看到了你身上他觉得满意的一部分，你就不敢再继续展示了，因为过了这个村，你不知道下个店在哪里，你一门心思想的是年底结婚，锁定这个村的村委书记，世袭罔替。

如果选择多呢？在座的各位江湖儿女，谁有处女情结？好，举手的都可以出去了。谁觉得打过胎的女人不能要，OK，你们这一拨，去领盒饭吧！正在往外走的各位，请每人到账房领取路费纹银50两，纪念币一枚。余下的500位英雄好汉，咱们一起来看看今儿比武招亲的流程。

别相信鸡汤里的爱情、别相信男人嘴里的承诺、别相信什么男友女友应有的责任和义务、别相信等额选举时候选人头上那些溢美之词。好好动动脑子琢磨琢磨人性、多阅读、坚持健身、赚钱买适合自己的化妆品和保养品。等你的魅力提高了，即使你提出一定要处男、要在床笫之欢方面有快速学习能力的处男、孩子都得跟你姓、春节“五一”“十一”必须回你家清明节可以回他家、只能有不多不少六块腹肌、必须在成年前割过包皮、赚钱如麻、都打进你的卡、对以上条件是欢天喜地地接受、对外超级英雄对你资深抖M[1]的条件，茫茫人海，一定找得到。

[1] 抖M：网络语言，表示一种人物性格和心理倾向，指有超级受虐倾向并且因此而得到快感。抖是加在S前的助词,表示严重的,重度的。抖M是相对于抖S而存在的一种类型,也是SM即性虐恋的升级版。

潺潺人沟，就说不好了。

有的人，把大把的时间花在提高魅力上，然后坦然地从人来人往里精挑细选出一个适合自己的，开始优哉游哉的生活；

有的人，把大把的时间花在不知道到底干了什么上，然后人来人往中只要有一个人愿意多看她一眼，她就把他当真命天子一辈子的依靠拉过来，不停地妄图改变对方、不停地委屈自己去迎合对方、不停地磨合磨合再磨合。

愿意当哪一种人，你自己来选。

友情提示：不是说坚持磨合，就可以在一起过日子了。你是咖啡机，他是螺丝钉，非要往一起凑，他头疼，你心塞。

那么你究竟应该怎么办呢？

1. 把你当时所有的想法，成熟的不成熟的，做出隐瞒他这个决定的原因，自以为有道理的和自己都觉得没道理的，统统告诉他。把其他你瞒着他的事情，也一并告诉他，让他来做选择。

2. 不管是你挽回了他，还是他离开了你，都只是概率和运气，坦然接受，吸取教训。在以后的生活里，学会坦荡地摆条件、做选择。不仅限于男女关系方面哦。

3. 提高自己。

意外怀孕，这不叫遭遇，这只是一个事件。

生活并没有对不起你，是你对不起自己的生活。

如何解决“婚后谁做饭”的问题？

T h e P r e s e n t

我身边有对刚离婚的夫妻，女方从来不做饭，丈夫让她帮帮婆婆，婆婆肯定也不会让她真干的，她就会说，你为什么不去帮，你找会做饭的，那你娶个保姆去啊。我又看到身边农村没上过大学的女孩，在家照顾老公的贤惠，她老公想帮忙做饭，她就说，你一个大男人，不要做这种小事。那么到底婚后该谁来负责做饭呢？

谁买菜、谁做饭、谁洗碗、每周谁负责多少天、出去吃的频率、不回家吃饭的次数?

这些个问题，一来没定数：我今儿看老婆摘菜心生爱怜屁颠屁颠跑过去陪着一起掐头去尾，饭后主动洗碗刷厨房，下个月忙得要死别说做饭了回到家连吃饭的力气都没有。

二来没法儿商量：协商之后的结果里没标明具体数字等于没协商，可一旦白纸黑字明文规定下来，万一哪天谁没做到，性质就由不体贴上升到了犯错误，况且既然有了第一负责人，另外一方很可能天经地义地不主动插手帮忙——今儿你负责晚饭，七点你还没到家，可我怎么知道你是不是要给我一个大惊喜呢？还是继续看电视吧。

三来千万不可以以谁家那谁谁是怎么做的为参考，这说辞既伤人又解决不了问题，还愚蠢。从小被邻居家的孩子伤得还不够深吗?

解决方法其实也简单，结婚前同居一段日子试试。

做饭做家务做运动做爱方面的分歧，纸上兵谈得再多也没用，磨合磨合，磨得好，问题悄无声息地迎刃而解，磨得不好，避免步入一段让人不愉快的婚姻，这不正是同居试婚的意义所在吗?

喜欢就睡，多喝热水，同居试试，不行就分。

可以接受“两个孩子，一个随父亲姓，一个随母亲姓”吗？

T h e　P r e s e n t

媳妇说，生了老二要跟她姓，这样才公平，一个随我一个随她。这样的想法，你可以接受吗？

我觉得，第一个孩子得跟我妈姓。

我觉得，二儿子必须跟大女儿姓。

我觉得，生个孩子要跟邻居姓，有利于构建和谐社会的五好社区。

我觉得，以后得让孙子姓国，这样我就是国姓爷。

可不可以？

只要我妻子点头，当然可以。只要我俩之间沟通好了，翻字典定姓都可以。只要我俩统一战线一致对外了，再去做爸爸妈妈岳父岳母儿子儿媳的工作，让他们可以也可以不可以也要可以。

关其他人什么事儿？

新婚之夜，妻子受精过后一刀砍了我的脑袋，并且把我吃掉，边吃边吧唧嘴。基本上也可以，当然，这对别人会造成一定的影响：片区的警察要多出警几次、楼盘价格短期内会下跌、临街超市这个月的芥末卖得特别好。

但只要我们事前沟通好了，我乐意、我开心、我骄傲、我愿意为她化作一只螳螂，她愿意把我煎炒烹炸还是焖熘熬炖，又关其他人什么事儿呢？

黑猫警长都说了，这事儿，他们管不了。

全世界包括你眼下都认同地球是圆的，只要你妻子认为地球是平面的，你们的日子，就过不太平；全世界包括你都认同地球是平面的，只有你妻子认为地球是圆的，你们的婚姻，还是不美满。

大家的意见真的重要吗？你以为满大街都是丘处机？就算是长春子也只是给人起名，没参与孩子到底姓郭还是姓李的斗争吧？他这么爱管闲事当年要是碰到的是殷天正，那不就仆街了吗？

大家的意见真的有用吗？这事儿与对错无关，这是你和你妻子之间的分歧，只能内部解决，不能通过手机投票朋友圈点赞来定输赢。

女友说，巴拉巴拉巴拉巴拉，你不能接受，那你就心平气和坐下来商量看看双方有没有让步的余地，没有就分手呗，都去找个三观更一致的人。

媳妇说，巴拉巴拉巴拉巴拉，你不能接受，那你就先抽自己几个大耳刮子，然后再买一送一续抽自己几个大耳刮子，最后用尽全力狠抽自己几个大耳刮子。

重要到可以夯实或颠覆婚姻根基的大事儿为什么领证前不确认清楚？婚后才来做第一次磋商随后对对方的行为表示遗憾，你活得也过于随意了吧。

当然我也理解，有些人一直单身，天天被虐，好不容易找到个女朋友，终于可以秀恩爱报复其他小伙伴了，哪里舍得去确认这一个个雷区正中间的问题，让自己时不时就面临重回狗窝的风险？

可是你得问啊，你必须问，你不能不问，这些问题迟早是要直面和解决的。你现在不通过简单的扫雷筛选出一个合适的亲密战友，以后真到了剪红线还是剪蓝线的生死关头，终于做出判断后发现猪一样的队友没带剪刀，你连自杀都没工具哦。

孩子跟谁姓？要不要孩子？自己住还是和父母住？过年回谁家？赚的钱用多少来投资？怎么投资？性到底是享受还是传宗接代？能不能接受对方有其他伴侣？接受的底线在哪里？你们家族有

没有遗传病？我是不是符合你性取向的人？等等，一系列你自己持有坚定原则的事情，都该在婚前和对方确认好，不行就分，换人试试，别浪费自己的时间顺便耽误对方的青春。

口头上确认过的事儿，都可能随着个人思想的改变而改变，那些压根儿都没聊的部分，要是双方都能刚好想到一块儿去，那你干脆辞掉工作买大彩好了。

别以为把什么都埋在心里熬到结婚就万事大吉了，从小学开始天天听人唠叨考上大学一切都好了考上大学前途就光明了，每天朝九晚十寒窗16年后发现连工作都找不到的你，能长长记性吗?

我说秀恩爱的都是不够恩爱的，小姑娘说可是他们有的最后确实结婚了啊，我问她：结婚就是胜利吗?

过得舒坦、自在、愉悦才是胜利，是自己的胜利，不是和谁比出来的胜利。不管是一个人过，两个人一起过，还是有很多人陪着一起过。

生活质量取决于运气好坏的你，别为这点小事儿纠结了，这回合你就先从了你媳妇儿吧，以后闹心的地方，还多着呢。

如何判断
伴侣在婚后
会不会有家庭暴力？

T h e P r e s e n t

我最近谈了一个男朋友，他有一点儿大男子主义，稍微不顺他的意，就吹胡子瞪眼，感觉挺吓人的。有次在外面吃饭，跟别人有几句话没说到一块儿去，还动手把人给打了。我挺怕的，你说以后，他会不会有家庭暴力呀？

条条大路都通的罗马城不是一天建立起来的，红遍全球华人圈的郭德纲不是一夜成名的，苍井空也不是一瞬间就突然从硬盘中的演员蜕变为电视屏幕里的苍老师的。

不然你告诉我，究竟是哪一天？哪一夜？哪一个瞬间？

凡事都有个演变的过程，家暴男的老婆绝对不可能是他暴力对待的第一个对象。

想要准确判断他在婚后会不会施暴，你只需要做三件事儿。

第一，自我洗脑，暗示自己，告诉自己，告诫自己，自己不是一个没人要的人，不管现在芳龄几何近况怎样，只要恢复单身了，一定有许多各方面比他好的男人来追求。只有他愿意和你恋爱不是你对他好的理由，更不是他对你好的证明。

第二，说服自己明白，不是每段恋爱都要通向婚姻，没有结婚的恋爱并不是在浪费青春，吃了教训不长记性才是。过去的时间已经过去，未来的时间才需要珍惜，会用自我批评推动自己进步的人才会上天堂，不懂得止损的人，只能上天台。

第三，想象自己有个男友，拥有所有他对你的温柔，没有他身上的任何缺点，这个虚拟男友的形象随便你拼凑，背景任由你想象，对你的好甩所有鸡汤里的爱情故事18条街。而他，只是一个普通路人，甚至都不算是熟人，他不曾对你好过，也不曾对你坏过。

好了，现在睁开眼睛，以一个不缺爱、独立自主、关于他的记忆已全部清空的状态，重新观察他。

只要不是蠢到惊天地泣鬼神，他有没有暴力倾向，你一眼就能看出来。

何况暴力倾向这种事儿，表现出来的根本不是蛛丝马迹，是鲸鞭血池。

要是连这个智商和观察力都没有，其余人给你提供的方法，你也用不上。

你之前不是看不出来，你是看出来了假装看不出来，看出来了宁愿自己没看出来，看出来了磨磨叽叽不承认自己看了出来，看出来了不愿意相信结果于是怀疑自己是不是误看了，看出来了强行咬着牙表示没看出来，看出来了一厢情愿地认为这一次一定是最后一次以后再也看不出来。

裁判和运动员都是一拨的，你还假惺惺地来求个毛的仲裁。

“和他分了也许找不到更好的了”“谈了三年要是分手岂不是白白浪费三年”“他都说了以后不会了我们毕竟有感情我选择相信他”“其实他有时候对我也挺好的”，你自己都不把自己当人，别人拿你当沙包出气筒，也算得上合情合理同一个世界同一个梦想努力就有回报的啦。

家暴男，本质上都㞞，要不是你毫无原则步步退让，他们哪儿来的勇气敢变本加厉？

话又说回来，你要是个包子性格，就算嫁个手无缚鸡之力一辈子没讲过脏话的酸书生，也会给他惯出一身冷暴力的。

有些人，
明知道男友
是渣男，
却不愿意分手，
下不了决心
离开，
这是为什么？

P R O B L E M

A N S W E R

耐不住寂寞所以不愿分，找不到更好的所以不能分，魅力值一直很低所以不敢分。

怎样维持
高质量的婚姻？

PROBLEM

A N S W E R

高质量的婚姻不是靠维持的，高质量的感情并不一定只出现在同一段婚姻里，高质量的生活不过分依靠任何一段感情。

两个拥有高质量生活的人走在了一起，他们的婚姻才是高质量的。

最傻的暗恋是什么样子的？

P R O B L E M

A N S W E R

所有人都知道了，只有他／她，还假装不知道。

男生为什么反感做别人的男闺密？

The Present

我是一个女生，之前有个男生追我，被我婉言拒绝。虽然我拒绝了他，但是我俩成了好朋友，我觉得也挺好的。昨天他问我，在微信里我属于哪个好友分组啊？我说当然是在男闺密里面。今天起床才发现，他已经一声不吭地把我删了。打电话过去也是忙音，我现在也是有点儿茫然无措，想想就要这样失去一个好朋友，我还是有点儿不舍。我觉得男闺密只是男性朋友里关系比较好的，没有什么其他的关系，更不是备胎。我这样的想法错了吗？他为什么这么抵触男闺密的身份呢？

有一种男闺密，是可聊可玩可抱可睡的，在你选男友和筛P友时给你出谋划策，还能手把手教你提高魅力值。

有一种男闺密，由于同时还是男gay密[1]、实在看不上你或者其他一些不方便描述的原因，你俩之间是不开玩笑不越红线不动情欲不亲肌肤的。

自愿成为第一种男闺密的男人，你让他转型当你男友，他不会愿意。

自愿成为第二种男闺密的男人，你让他转型当你男友，他才不愿意。

你遇到的情况是，这个男生多次提出由熟人升级为男友而不得，只好退而求其次暂居第二种男闺密之位，广积粮高筑墙缓称王，卧薪尝胆虎视眈眈，一旦等到你失落了你失恋了你喝多了你想多了的时候，便瞅准时机全力一击，就算当不上男友也要混个第一种男闺密过过瘾。

但你用实际行动告诉他，他这一辈子都只能在你这儿假装第二种男闺密，还要一脸微笑地维持你俩之间并不存在的男女间纯洁友谊，这是你能给他的最亲密的两性关系和肉体距离。

人家想起跑，你给人家上脚镣，不删你，留着跨年吗？

[1] gay密：相当于闺密，只不过身份是男同性恋，也就是可以当兄弟又可以当姐妹的亲密异性友人，可以理解为蓝颜知己。gay密是近些年流行起来的一个词。对于许多直女来说，gay密是倾诉心事、寻求情感支持的理想异性对象。

为什么
男生宁愿单身
也看不上普通的女生？

T h e P r e s e n t

为什么有些单身男孩宁愿自己看片打游戏却看不上周围普通朴实的女生?

这就是传说中比直男审美更为可怕的处男审美。

由于从未在现实生活里见过任何一个姑娘不穿衣服的样子，他们对女性外貌以及身材的认知基本靠想象，他们脑海里女神的形象是由来自影视、漫画、小说、杂志、游戏等多个方面的因素拼凑出来的一个并不存在的存在。

他们上下打量你时，会把维密天使的马甲线、三版女郎硅胶乳沟的深浅、Kate Upton[1]的抖动幅度、Kim Kardashian[2]的臀部大小、Jen Selter[3]的臀部弧度、Dita Von Teese调情的艺术以及Vica Kerekes艺术的调情组合在一起，拿来和眼前你的外貌身材一颦一笑做对比。别说没把你当女人，在如此高标准下也许都没把你当个人呢。

处男审美最致命的点在于，即使因为耐不住寂寞找了一个肯降低要求委身于他们打算平平淡淡过日子的女友，帮他们破了处，也很难从根源上消除他们的处男审美。女友在他们看来只是一个“先凑合用着”的普通女人，有条件稍好一些或者更具新鲜感的就可以随时更换掉身边的这个，不存在的女神才是他们一辈子的追求。

条件差的人，眼光高着呢，姑娘，请三思。

[1] 凯特·阿普顿：1992年6月10日出生于美国密歇根州，美国模特、演员。

[2] 金·卡戴珊：1980年10月21日出生于美国加利福利亚州洛杉矶，美国娱乐界名媛，服装设计师，演员，企业家。是O. J.辛普森案中已故律师罗伯特·卡戴珊的女儿。

[3] 珍·泽尔特：翘臀女王。2013年4月开始，珍·泽尔特将她的健身照片发到美国知名社区网站，从而引起大量粉丝的追捧。

如何
判断一个姑娘
想不想和你聊天？

T h e P r e s e n t

最近追求一个女生，晚上偶尔会跟她发微信，我不知道她什么时候愿意和我聊天，也不知道她哪些时候是在开玩笑，哪些时候是在敷衍我。该如何判断一个姑娘现在想不想聊天呢？

和姑娘相处，不要对着没有语调表情语境的文字瞎琢磨她到底想不想跟你聊天，也不要猜测她喜欢什么话题把自己扮得跟百度一样不但能百科更能推荐商家，而是在她想找人聊天的时候，陪着她。

你需要琢磨的是什么时候该倾听什么时候该发言；需要学习的是“然后呢？真的吗！你好棒！”三段式的日常应用；需要钻研的是如何第一时间发现“快夸我美”和“快夸我瘦”的18种变相表达。

久而久之，她想聊天的时候第一个想到你，需要人陪的时候下意识给你打电话，你不就不用过跪舔的日子躲过那张好人卡了嘛。

如何和男生保持距离，只是聊天？

T h e   P r e s e n t

认识一个男生，他喜欢篮球，我其实不幻想和他发展什么男女关系，但是希望可以和他多多聊天，该如何做呢？

想让自己变成一个会聊天的人，有许多提高的方向和方法，也有不少需要避开的雷区，比如这一个：

以后和任何男性沟通，千万不要主动表达出和“我不幻想和你发展什么男女关系，只是希望可以和你多多聊天”类似的意思。

一旦看到这句话，大部分男性都会在心里默默地回一句：不发展男女关系，那我还和你聊什么聊。

一心想嫁给富豪，不在乎自己是否喜欢对方，正常吗？

T h e P r e s e n t

不考虑感情只想嫁给富豪是正常的心理吗？

心灵鸡汤最大的毒，在于给故事里除了主角之外的每个人，都设定一个简单的脸谱。

他是痴情的，于是他一辈子都痴情，哪怕被前妻伤透了心被现任女友传染上病被狗咬掉了生殖器，依然对世界温柔相待；

他是小心眼儿的，于是他从小到大都只长个子不长心眼儿，吃了心眼儿小的亏要死了，死之前还要盘算着怎么捞回一笔；

他是睿智的，于是他每10年出现一次，睿智一把，丢下一句话就悠悠飘走，不多做解释，每一句话，都能让人悟一辈子。

当然，主角也好不到哪里去。他从小郁郁寡欢受尽凌辱被所有人看不起，有一天接触了少林寺的大师／生命里的贵人／PUA ／安利／玫琳凯／新东方厨师学校，从此升职加薪、当上总经理、出任CEO、赢取白富美、走上人生巅峰。相比其他脸谱，鸡汤主角的人生也仅仅多了一次转向，之前撞了南墙也不回头，事故之后恍然大悟一路向北、冲过边境线、闯过俄罗斯、飞跃奈何桥、直接投胎到下辈子成为一个北得不得了的北鼻。

哪儿有什么超级有钱和你一点儿感情都没有，却还要娶你的人哦，这明显不是为了洗钱就是为了避遗产税啊。

长点儿心吧海燕。

前几天看到一个题，三个女人让你做选择：一个貌美的妓女，一个一般好看恋爱同居多次的姑娘，和一个土肥圆的处女，问你选哪个做老婆。

这道YY题出得有多二×我就不讨论了，将就着出题者不到三岁的三观勉强往下聊：自己以后会娶怎样的姑娘我现在说不好，但我可以肯定，天天边喝鸡汤边逼着自己做这种艰难选择的人，有很大的可能最终会娶一个又土又肥又圆，婚后发现竟然还曾经失足过的女人。

喜欢上性伴侣，该怎么办？

T h e P r e s e n t

喜欢上一个学术型的男生，但是对方只和我暧昧，没有谈恋爱的想法。我自认为还是很有魅力的，但是对方似乎不为所动，平时说话也大都是性方面。我试过说一些除了性以外的话题，但对方回复得很少。请问如何能让对方喜欢上自己？

只有一个男人在打算放弃雨露均沾专心培养自己小树苗的年龄，刚好遇上你的情况。

没有一个游戏人间的男人看到你后，怒砸Xbox、PS、Wii一心一意扫你这颗雷的故事。

如果你听到过的话，那也仅仅是个故事。

当然，存在有你以为睡服了征服了渐渐潜移默化成自己小软肋小铠甲走入婚姻殿堂帮你拿到秀恩爱许可证的男人，但心在江湖上浪啊浪的人，你搞定的只是他的身体，得到的仅仅是他口头上的示弱。婚后再在你身边暴露出本性，你的损失远比婚前割肉要大得多。

这个男人有多不喜欢你呢？“我试过说一些除了性以外的话题，但对方回复得很少。”

试过说一些他不感兴趣的话题，但对方回复得很少。我来给你翻译一下：我对你爱搭不理你爱怎么想怎么想想从哪个角度理解就去从哪个角度理解理解完了你要咋的就咋的从此不联系我那就不要再联系老子不关心你不在乎你的感受你要死乞白赖倒贴过来送就赶快趁老子现在心情好看你不反胃跪着千里送过来要不送少了你这个我也不在乎。

别说对女神了，对哪怕有一丁丁好感的姑娘，男人可不敢是这个态度。

“有颜有胸有腿有臀有马甲线经济独立家里还牛×的漂亮妹纸（妹子）”，是你自封的，到底好到个什么程度，参照物是谁，我们无从得知。

何况男人看女人和女人看女人，出发点和角度原本就是完全不同的，即使你真实数据傲人，不同的男人看同一个姑娘，结论也常常不一样，是天使还是天屎有时候只在于谁来给你亮分。你可能在别人眼中是女神或者女蛇精，在他这里，只是个女神经。

更可怕的是，你遭遇的可是比直男癌审美更惨绝人寰的处男审美，在处男眼里，A-cup挤出来的乳沟就比遮得严严实实的D-cup给力，维秘超模的马甲线配上花花公子封面的硅胶假胸，才可以得到一句“哎哟，不错哟”的中等评价。他们从没见过躺在自己面前不穿衣服的女人，你的竞争对手，可是二次元里戴主角光环、受万人追捧、瞎了眼单单看上他这一介书生、笑一笑融化冰山、上围可爆扣杀敌、屁股翘得足以摆上一桌麻将、不分季节天天穿着超短裙闪转腾挪从不走光、一辈子没让其他男人见过胳膊见他第一眼就马上拉其去体育馆最深处女上位给自己破处的女人。

所以，他对你不是似乎不为所动，是真的，不为所动。

你想让这样的一个男人喜欢自己？

没戏。

我又回过头仔细看了看问题，原来诉求里还有个“上”字。

那加油吧，用你的力比多去击碎他脆弱的处男之肾。

为什么
很多年轻姑娘
都看不上
同龄阶段
老实的男人？

P R O B L E M

A N S W E R

比自己年长和年幼的老实男人，年轻姑娘和不太年轻的姑娘们也看不上。

为什么很多年轻姑娘喜欢大叔？

PROBLEM

A N S W E R

女人眼里的男人
魅力值
男神男神男神男神男神男神男神男神男神男神
大叔
小鲜肉
男的
屌丝
大爷
老大爷
年龄
卧槽这些都是什么鬼

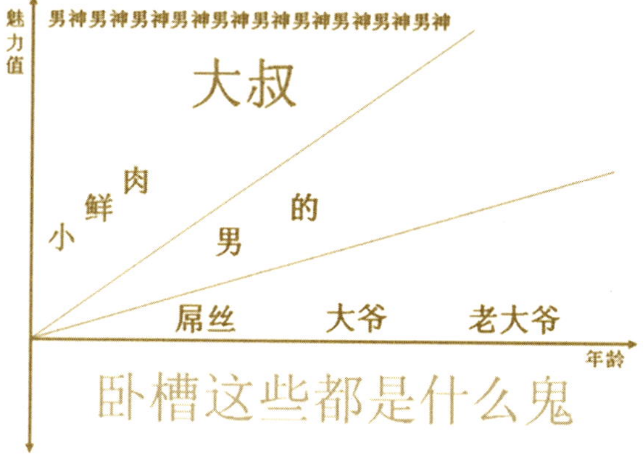

如何拒绝朋友免费做设计的要求？

T h e P r e s e n t

我是做设计工作的，经常会遇到各种同学、朋友、熟人喊我免费帮忙做个设计画个图，特别理所当然的感觉，该用什么样的说辞礼貌地拒绝呢?

有一次去看大夫，其实也不能算看大夫，在医院附近办完事儿临近中午，顺路去看望一个当大夫的朋友。

大夫朋友在普通外科，进去的时候她正在看病人，我坐在一旁等。

诊断完两位患者，我俩抽空打了个招呼后，进来一位中年男人，急匆匆地拿着病例，摊开到桌子上。

大夫朋友接过病例，边看边伸出手："挂的号呢？"

"没有挂号，我是在你们这儿看过的。"

大夫朋友秀眉一挑，把病例合上，递还给中年男人："先挂号去。"

"我是在你们这儿看的病，噢，每天检查一下，还要每天挂号？哪儿有这样的道理？"

大夫朋友的脸色，缓缓由白转青："之前不是我给你看的，现在你想要我给你诊断，必须挂号。"

"我一个星期来看四次，都是你们医生给看的，次次都挂号？你们赚这个钱，也太黑了吧！"

大夫朋友头也不抬地说道："不挂号，就是对我的不尊重。"转而开始收拾桌面，天气预报前一秒新闻联播主播的样子。

眼看午饭前要撕上一×，我赶紧站起来，接过病例，批评道："小L，怎么能这样对待病人呢？这位师傅，来，我给你看。"

中年男人瞪了大夫朋友一眼，走到我身边。

我边翻病例边问："还疼吗？"

"有时候疼，有时候不疼。"

“开的止疼药吃了吗？”

“吃了。”

“那伤口痒吗？”

“不痒啊，就是有时候疼。”

“不痒？不痒就有问题了啊。”

中年男人紧张起来，看了我一眼：“啊？有问题，有什么问题？”

我紧皱眉头，翻到病例最后一页，发现，是空白的。于是我又翻到第一页，从右往左仔细阅读到第二页。

“应该发痒的，不痒问题就很严重了，得补做一个微创小手术。”

中年男人跟着我的目光仔细地看着无论从内容还是笔迹上我俩都看不懂的病例，虚汗都下来了：“大夫，是、是什么手术啊？”

我合上病例，递还给他：“放心，小手术，做之前会给子宫打麻药的，不疼。”

中年男人愣了一会儿，脸色终于也由白转青，大声叫嚷道：“子宫？我一个男的哪儿来的子宫？你究竟会不会看病？是不是医生啊？”

我本来也打算当一把主播收拾桌面，哪儿知道桌面已经被处女座的大夫朋友收拾得整整齐齐，我伸出的手只好在电脑屏幕上随便摸了一把，抬头看着中年男人道：“我当然不是医生，我也是来看病的，我每天过来找L大夫，每天都挂号。想要免费的诊断，这一层楼你只能找我，只有我是不要钱的，我也好为人医，我给出的结果就是让你给子宫打麻药去。要想找她看，”我指了指努力憋着笑的大夫朋友，“得花钱。”

挂个号四块五，画个图四百五，做个设计四千五，咨个询四万五，这些价格都代表服务提供者原先刻苦学习和现在辛勤劳动的价值。不想花钱，又没其他东西可做交换的，那也就只配得到一个价值几乎为零有时候还是负数的方案。

我当年的工作是专门给人提供#$%～的，偶尔一些朋友或者熟人也会让我帮忙来#$%～一发，交情值这个价我又有空的，我会约个时间一起喝杯咖啡或者电话沟通一个多小时，给出个相对而言比较专业的结果。

对于泛泛之交还理直气壮认为我闲得蛋疼不做无意之事何遣有生之涯的人，我会直说：一般这样的一单公司收多少，我自己从公司拿多少。你看，你是按照我从公司拿的价不开票我给你做了，还是找公司签合同交钱指定我给你做？

助理说“你开三千月薪，就不该对我要求太高”，该怎么办？

T h e P r e s e n t

曾有个月薪三千的妹子，编的稿件漏洞百出，我怒拍桌子，她却回了句：“一个月三千块工资，你还想怎么样！”琢磨她这话好像挺有道理，就好像我买了件便宜货，用不了两天就坏了，也是合情合理。于是我安慰自己：就花那么点儿钱买的东西，你还想怎么样？她的潜台词是，如果你给我八千，我自然就做得好好的。但我觉得，公司付薪水也是一分钱一分货，你必须在拿三千工资时，先体现出八千的价值，公司才愿意埋单。作为上级，我该怎么做，是直接开除还是可以怎样去教育她呢？

其实，改进一点儿就好啦：事先规划好，自己到底要走什么路线。

洗脑，没问题。灌鸡汤、讲成功学、谈情怀、谈理想、谈公司上市、画大饼、画大饼卖完后家里饭在锅里金莲在床上的美好景象，都可以。但你必须从一而终地坚持洗脑，从小处洗起，从细节入手，定期收集下属被洗后的反馈，依此制订下一阶段的洗脑计划。

谈钱，也不错。这人别的公司顶天了就给八千，老子砸一万四，平时自己想骂就骂，想把文件摔脸上就摔脸上，小姑娘气哭了你让她滚出去哭别弄脏你的办公室，骂走了你再花大价钱雇一个新的，继续在自己的地盘里我行我素、悠然自得、仙福永享、寿与天齐。

第一种方法，你自己得辛苦点儿，第二种方法，公司要多掏点儿。其实说白了，就是公司把本该多掏给你下属的钱给你了，用来购买你一对多的洗脑技能。

也有双管齐下的，不光钱到位，还花更多钱给员工洗脑，比如google的食堂、腾讯的免息房贷、海底捞在北上广深的非地下室无隔断间宿舍。当然他们不管这个叫洗脑，叫提高员工忠诚度。其实仔细算算账，如果取消食堂，以加工资的方式给每个来用餐的人多发一笔钱，要达到这个有趣有×格的食堂在员工心里的加分，那个数字绝对远远超过建这个食堂以及平时维护的开销，所以，这还是可以算作用洗脑的方式给公司省钱。

双管齐下，只能是公司层面的行为，作为一个非股东的管理者，二选一呗，要么加钱，要么谈感情。钱到位了，一生挚爱我都能亲手剁了给你看；感情被你引爆了，我来当你的一生挚爱，一分钱不要，卖身养你。

所以，你怎么可以先“怒拍桌子”，再说出“体现出八千的价值，老板才愿意埋单”这句话呢？画风太不统一了啊！

下一次，记得怒拍自己的脸，边抽自己边流泪边抱着下属道歉：“对不起啊，实在是对不起啊，都怪我，是我无能啊。我已经很努力了，还是没能让公司走上正轨，还是没能让大家过上想要的生活。但是我不会放弃的，我能看到在不远的地方，光明即将到来，请大家相信我，一起携手熬过这一段最艰难的时期，我一定给大家升职加薪。请，务必，站在我的身边，拜托了。”（放开拥抱的双手，退后三步，90° 鞠躬）

或者，怒拍一打钞票，往稿件上pia地一摔，“这是五千块，我给你五分钟时间，把错误纰漏都改正过来。一个错误没有，钱你拿走，下个月起税前工资上调到八千。要是被我找出一个错误，收拾好你的这副嘴脸和尊严，哥乌吻[1]，滚。”（站起身，看着她脑袋斜上方的空气，一手插在口袋里，一手指向办公室大门）

[1] 哥乌吻：“滚”这一字的发音拆解。

如何评价电影《西游记之大圣归来》?

T h e P r e s e n t

一根他人膜拜的神物，我轻松捻在手中，冲上凌霄宝殿，见神杀神见佛砍佛。去你的天蓬元帅，去你大爷的托塔天王，一个个都给我滚下云彩，千军万马浩浩荡荡涌来，落花流水烟消云散而去，唯我横棍立马悬停在半空，血红的斗篷斜穿整个屏幕，凤翅紫金冠颤巍巍地从屏幕里延伸到每个观众眼前。我撇撇嘴，把神物收入耳中，掸掸黄金锁子甲上的土，点燃一根事后烟，深吸一口，望着远方被染红的晚霞。

每个人，在白天或者熟睡中，儿时或者就在昨天，都做过类似这样一个酣畅淋漓的英雄梦。

只是当我们醒来，我们却如同那只被禁锢住法力的猴子，一个破妖怪的手下都能让自己歇斯底里、咬牙切齿、精疲力竭、一身臭汗。

这种档次的妖，老子当年当齐天大圣大闹天宫的时候，连出现在我面前的资格都没有，跟十万天兵闹着玩的间隙抽空往下面弹一下小手指头，妖他全家18代就团灭了好吗。现在竟然逼得我……

唉，没时间多想了，身边的山妖，越来越多，我要保护的人，还没走远。

揉揉肩膀，继续上吧。

像不像抬头仰望星空，想象着以后自己的公司上市时也要找几个普通用户来敲钟，然后长叹一声，低头继续写代码；

像不像和儿时好友撸着串，认真地说着他们当笑话听的梦想，换场的时候看眼手机道：不早了我要回家了，明儿早起去加班，得打卡；

像不像花着公司的业务费点着1928年的拉菲，服务员开瓶的工夫走神琢磨什么时候用自己的钱也能毫不心疼地点这个价位的酒，而后赔着笑举杯，头一仰入肚，淡如白水；

像不像梦见自己常年蝉联全校第一，这次考试的试卷却连题目都读不懂，吓醒之后发现真的在考试，大部分题目，真的读不懂。

甚至好多时候，你和我还不如那只灵活的红毛猴子，仅仅是别人眼里的“他好像一条狗”。

片尾孙悟空终于变成齐天大圣，轻松搞定了变身感染虫怪的大反派，我的眼里热闹，心中却更感悲凉。

因为这右手一抖、火红横出、赤色满眼和金箍棒吧咯棒吧咯棒吧咯咿咯吧咯棒吧咯棒吧咯吧咯嘀吧咯嘀棒，在我看来，已经是在开始做另外一场梦了。

现实生活里，我们只能是看着小和尚惨死，自己无力回天，随后赶紧收起悲伤逃走保命；

现实生活里，我们早就回到花果山，白天逍遥自在调戏母猴，晚上打坐、念经、参禅，跟如来客客气气地沟通：您看，我虽然挣脱锁链不和您玩SM了，但我老老实实的绝不惹是生非，您就当我保外就医也就别来查我的水表了，以后您的权威我坚决维护，您的指示我积极响应；

现实生活里，我们都是猪八戒，要么不会变身，要么越变越稀烂；

现实生活里，我们是不会用自己辛辛苦苦积攒起来的一切，去赌一个成功率不太高的可能的。

不是没勇气亡命一搏，是原来搏过，结果并不太好。

电影里，为了自己爱的人，他们爆发了；现实里，为了自己爱的人，我们犹豫之后选择了继续屃着，不把自己逼到必须爆发才能和对方拼个你死我活的境地。

于是，身形少了许多潇洒，两鬓多了几丝灰发。

管不了，我管不了，管不了，真的管不了。

只要你不骑在我头上拉屎撒尿之后还要砍我的脑袋，我就老老实实在九龙冰室卖我的奶茶，可以团购还可以点外卖，吹哨子这种事儿，我不玩了，找别人去吧。

活得越现实、周旋得越周全，想到梦里的齐天大圣，就越是觉得遥不可及、唏嘘不已。

我才不管什么导演艰辛、制作多少多少年、扶持国产动画、里程什么碑、元老配音、童年回忆之类的噱头，那些都不关我的事。我只是认为同样花几十块钱，去电影院里入戏地做一场梦，比看那些槽点满满的片子，更对得起自己的时间。

如今看《大话西游》，你还会落泪吗？

The Present

当年是开开心心看部电影，看着看着看哭了。

现在是感觉自己的情绪积攒得差不多了，该找个出口了，于是给自己播个《月光宝盒》《仙履奇缘》《喜剧之王》《武状元苏乞儿》《真爱至上》《诺丁山》《大鱼》《叫我第一名》《人生遥控器》《居家男人》《天使之城》《别让我走》《爱有来生》《牛铃之声》《迷失北京》《桃姐》《盲山》《盲井》《天狗》，看看片，流流泪。

很多时候，我坐在沙发上看电影，却并没有在看电影。

不一定非要落泪啊，看个演唱会跟着吼吼，看个球赛跟着呐喊，甚至夜里一个人跑到大马路上大叫几声，也行。

改变一下状态，给平静的生活来一颗惊雷或者闪光弹，让狂野的心出来放个风，再重新塞回温文尔雅的皮囊里，继续上路。

改行当作家，有前途吗？

T h e   P r e s e n t

我个人很喜欢文字，自我感觉文笔也还可以，写东西无论是观点还是角度都还算不错。但是由于个人性格原因，总是对看不到很明朗前景的行业有一种抗拒。虽然现在网络文学很发达，图书行业也愈发兴旺，文化产业充满了各种各样的机遇，但我依旧很害怕，害怕没有前途。

我也很喜欢码字，自我感觉文笔一般，除了爱用排比反讽押韵三板斧外没什么其他特点，观点和角度经常被骂得尘土飞扬好似大雨前的北京。但我就是喜欢写，因为码字能给我带来如下快感：

1. 码字是一种闲情逸致，当我想要放松的时候，我会从码字、看电影、听歌、读书、散步、吃大餐、打星际、出门做个好事、看别人撕个大×里选一样翻个牌，偶尔也会拿着美食边吃边听歌边散步。

2. 码字可以由着我的性子来，想写什么写什么，写个隐晦的哪怕只有一个人能看懂也OK。有人赞我我开心，有人骂我我也看看，骂得够痛快我读起来都觉得解气的，给他点个赞然后把句子摘录下来。

3. 码字能让我认识许多生活中本无交集的陌生人，其中不少是有趣有颜的姑娘。

可如果想靠写作养家糊口，这三项快感便会荡然无存。

1. 你得按时按量地交作业，有灵感要写，没灵感你挤出笑容假装高潮也要继续接客；

2. 你得顾及目标读者的感受，甚至要通过严谨的调研掌握他们的喜好，写他们爱看的东西，否则你的书卖不出去文章无人打赏和同行的全方位差距就会越来越大；

3. 我很多时候清清楚楚地说明写这篇就是为了约姑娘就是坦荡荡等私信的，你还真不好意思说我道貌岸然表里不一。

爱好是爱好，生意是生意，一个是生活的乐趣，一个是活下去的基础。

你要真随随便便凭着“我觉得我不错我会好好努力我有信心做到”就当上作家了，让那些书香门第从小学习的、中文专业苦读八年的、每天走量不走心靠体力赚钱的、抄遍国内外挑灯改编的怎么想？诚然，现如今当作家的路径五花八门，可不管他们走的哪条路，他们做的都是遵循商业逻辑的职业行为，凭的可不是天赋异禀或一腔热血。

喜欢和会是完完全全的两码事儿，会和精通隔着十万八千里，自己觉得好那是每个人天生从娘胎里带出来的病，大家都说好才是真的好。

真有点儿小天赋，就好好享受，别指望玩着玩着顺便把钱赚了或者赚钱赚到手抽筋还乐在其中的事儿砸到自己头上。绝大部分人，都是跪着赚钱的。

何况从你的问题描述里，我既没看出你对文字的喜爱，也没瞧出你有文学天赋。

泡妞泡得好好的，突然就去当PUA教别人泡妞了，你都得拿教人泡妞的钱交房租了，你还好意思站在妞面前？当然，他们要干别的，赚得更少。

写段子写得好好的，突然就接广告了，把自己的脑力如此贱卖，价值价格都低成这德性还在家沾沾自喜扬扬得意？当然，他们也叫不出更高的价码。

一个人好好的，突然就代购了；一个人一直就不怎么好，突然就不负众望地安利了。

何苦呢何必呢？在这个有史以来最宽容的多元化社会里都做不到凭自己的脑力或体力安身立命，就别大谈什么兴趣爱好理想情操了好吗？

喜欢旅游你就好好工作攒年假，别指望当个随手拍照赚钱试睡赚钱写写游记赚钱的新时代徐霞客。徐霞客从来不用为盘缠发愁，他父亲徐有勉可是一个正儿八经*Return of The King*（《魔戒：王者归来》）的富四代。

不是人人都能成为无崖子的，如果只能二选一，我宁愿做刻苦学习的丁春秋，也不要当那荒废主业的苏星河。

业余高手和职业选手是有区别的。区别不在实力高下，在于追求的不同。在码字方面，如果可以，我愿意当一辈子的业余高手。如若不行，我也要当一辈子的业余玩家。

面对网上令人气愤的评论，该如何调整心态？

T h e P r e s e n t

在网上，总会看到一些无理由的反对和谩骂，有些逻辑混乱，有些完全不讲道理，面对这样的评论，我该如何调整心态呢？

生气，说明你没见过世面。

在现实生活里，无论你做了什么，都一定有人支持、一定有人反对，一定有人当面对你竖大拇指、一定有人当面对你竖起中指，一定有人觉得你虽然没有功劳但有苦劳、一定有人在背后诋毁你。

有人说你睿智，只是刚好这个认为你睿智的人出现在你眼前而已，在另外一个地方一定有其他人觉得你脑残；有人当面打你的脸，只是这个想抽你的人刚好跟你同城或者也注册了知乎，在你看不到的地方，一定有另外一个人觉得你抠脚丫的姿势优雅极了。

活了这么多年，原来这个道理你不懂啊？

非要等在网上，当有人给你点赞同、有人给你点反对、有人说“这才是最好的答案”、有人留言“兰州烧饼”、有人给你点感谢+没有帮助、有人另开帖子实名反对你想@你却没@上的时候，你才一拍大腿恍然大悟：原来人性是如此多元化，众生百态，累觉不爱!

那你这个兰州还真是个烧饼，痴长数十载，大学毕业了心理上还没断奶。

从在网上码字的第一天起，我就几乎不在评论里留言，不讨论、互捧、解释或反驳。因为我知道，肯定什么样的留言都有。有的人我写得多隐晦他都能第一时间get到点，有的人我这辈子无论如何也是说服不了的。支持我的我默默道声谢，有时候懒了也不道；反对我的我乐呵呵看着，人家反对的不一定没有道理啊，说不定哪天我就顿悟了呢；吵架的谁句子用得高明我摘录出来然后给点个赞，一种皇帝看文武百官撕×，“臣有本”“臣也有本”“臣有病”“臣有三急”声此起彼伏，轰轰烈烈继往开来太平盛世鸟生鱼汤的满足感。

之所以说“几乎”不在评论里留言，是因为我这个出生在飞雪二月天的处女座，对错别字是相当受不了，虽然反复检查，但百密终有一疏，当有人在留言里指正出来，我会改正过后回复感谢的。

当然，有的人喜欢把评论里反对的声音全部删掉，反对的人全部拉黑凌迟诛九族；有的人喜欢一句一句地骂回去，别人说你妈×他就说你——妈——×——，肺活量不足骂不过了再拉黑。这些人和我只是处理方法不同、关注点不同、享乐点不同而已，无可厚非。只是，他们不太能经常享受到做皇帝的乐趣，快感大概等同于当一个用高压政策让人敢怒不敢言的村长或者县令吧。

其实本质上都一样，自己写的答案让自己开心了，才好。

有人捧你你就和他一起把评论区当聊天室，有人反对你你就当没看见，也不错呀。只要自己不生气，怎样都好。

我曾经因为同一个回答，被评论区封为“女权主义者”“直男癌”“纯爷们儿”“圣母”“渣男”&“渣女”，真的是想要生气，都找不到方向呢。

对于反对的声音，我既不像阿Q般站在高处可怜他们也不认定他们就是无脑键盘侠，既不去想方设法找他们言语里的漏洞也不愤然地举报，过眼不过心，过肾不过肺就是。我写什么，是我的生活；他们写什么，是他们的生活。为了别人的活法生自己的气，要不怎么说你没见过世面呢。

世界那么大，你去看看嘛，一定能把自己气死。

互联网只是一个平台，别太把这儿当回事儿了，这里既不是正义与邪恶的审判庭，也不是全宇宙的公正所在。别太把别人当回事儿了，那么在乎他人对自己的评价干吗，拍拍屁股，挥一挥衣袖，管他天边有没有云彩呢。更别太把自己当回事儿了，你以为你的几句话，能影响到几个人？

万一把戾气带出屏幕，扭曲了性格、气病了自己、坑坏了爹妈、成全了对手，赢了网络、输了生活，才真叫得不偿失了。

其实这里有的，又何止“令人气愤的评论”呢？

有的人关注我，且只关注了我一个人，让我诚惶诚恐以为是哪天酒醉鞭美人后迷迷糊糊注册的小号；

有的人关注我，只为第一时间看都不看就给我的最新回答点反对+没有帮助；

有的人点了赞后还要自己写个答案来表示支持，性别男，头像女，让我脸红心跳在加速；

有的人@我表示反对，还要邀请一堆人来支持他，表明他对我的反对是合情合理合法合群的；

有的人与我神交千里，虽然一个字的私信都没有发过，但余生若能相见，必多一枚知音壮阳；

有的人群而党之集腋成狐臭，被反对到最下面，还一起感叹世人皆傻×咱们三观独正；

有的收藏夹以芝士为名，里面全是我的回答；

有的收藏夹叫狗屁不通，里面全是我的回答。

互联网上更大的世界，大概也就这么大了。生活里的大世面，自己去求索吧。

什么样的男生让你觉得low到爆？

T h e P r e s e n t

生活中遇到过各种各样的奇葩男、直男癌，请问你觉得哪些或者哪类男生，可以用low到爆来形容？

有一种男生，觉得自己没有颜，别人说你这个发型不行不够帅，他就去洗剪吹一套时尚时尚最时尚的杀马特，还满心欢喜办了一张卡，定期来做护理。

有一种男生，没有收纳整理的好习惯，每件衣服都跟压箱底的传家宝一样皱巴巴，走到哪儿都不受人待见，别人说你要会搭配，七分裤配系带正装皮鞋、佛珠手链加蛤蟆镜、车钥匙挂在裤襻上、衣领再高高竖起多有范儿，他就入手了压箱底的七分裤和T恤、做旧的皮鞋、手链、蛤蟆镜，在淘宝上买了一个车钥匙挂上，仿佛一只沙皮居士。

有一种男生，觉得自己不受欢迎是因为不够有钱，向往着那种把钱摔人脸上塞人丁字裤里人家还笑脸相迎或笑眼儿相迎的生活。别人说，你没有钱不是因为你不会赚钱，是因为你不会投资，最好的投资是投资自己，赶紧去内外修炼、自我提升、专注成长吧！于是他到处找地儿修炼、提升、成长，后来发现“别人”开的班，刚好就是帮助人修炼、提升和成长的。

有一种男生，没有女朋友，甚至没有女性朋友，几乎没有朋友，别人说不是因为你笨，而是你没有接触到这方面的专业知识没有深入了解学习所以你不知道怎么和姑娘相处、聊天、互动，不如先从搭讪开始吧。于是他们带着背好的台词和呛人的直男气息流窜上街头。

其实，这些男生的不足不是没颜没好习惯没钱没女朋友，他们唯一的问题，是没脑子。所以别人说什么他们信什么，别人在破绽百出地吹牛×和大醇小疵的装牛×后只要加上一句，这是真的，他们就会一脸崇拜地伸出双手乞求：教我，教我。

别人说，我来自上流社会，我是来给你传福音送幸福的，他就哇哇哇献上自己也不怎么值钱的膝盖，连声问道男神男神我究竟应该怎么做才能摆脱现今这般的下流，和你一起步入真正的上流社会呢？

别人说，跟我学纯干货，七个模块，保证你七天找到女朋友，他就捂着腮帮子嘴巴扩张成一个大大的椭圆，心里激动地算着：今天是30号，下个月七号我就不是单身狗了，想想还真有点儿小激动呢，厉害、牛×、霸道啊！

别人说，我是创业者、我是带领团队前进的人、我是老板，我不光在个人财富和社会地位上碾压你，我在情感生活上也是远远高于你的存在。他忙不迭地表态，我要我要我也要，师傅师傅收下我吧，快带我看尽世间繁华，带我坐遍旋转木马，带我睡每一个屯的翠花，带我装×带我飞吧。

别人说，我是国内PUA第一人、我是国家级PUA、我是泡学创始人、我是泡学亚文化圈的中坚人物、我有最好的泡妞训练营，他们就边睁大双眼边放声惊呼，完全无视那些只要动动手指就能搜索到的吹得更无边无际的东西和《中华人民共和国广告法》。

究竟如何才能跟上这些来自各行各业成功者的步伐呢？答案竟然是一样的：交钱上课。

从三十六洞七十二岛毕业出师后的他们，头脑依然简单，但毕竟都是孔武有力，四肢发达，一夜打七次飞机的热血少年，执行力和破坏力还是非常可观的。他们刚刚经历过一场精神上的大保健，但他们认定此刻的自己已经手握连号令天下莫敢不从者都惧怕的大宝剑，足以横行情场，给全世界打分。

虽然练的是同一种武功，但由于门派众多，摩擦不断，他们之间的关系并不融洽，行走江湖时偶尔碰上远房师兄弟，保不齐就会干上一架：

——你的情感咨询师就是键盘手，一点儿实战经验都没有，有本事你让他去夜店，能带一个七分的出来我给他跪下。

——你的飞机头师父只会瞎忽悠，什么年度PUA，一点儿干货都没有。我男神的课可以在听完之后申请无理由全额退款，你师父敢吗？

——扯什么淡，你师父那招生文案错别字一大堆，逻辑狗屁不通，能被忽悠到交钱的都是你这样智商着急中的战斗机，再被洗几天脑，哪里还好意思提退钱？对了，你的师父很帅吗？为什么叫他男神？

——唉，师哥，不瞒你说，我师父自己去派出所改的名，复姓男神，并且要求我们以后都只能叫他男神。

——咦，师弟，那他改了个什么名字啊？男神什么？我怎么从没听说过？

——没有名，就只有姓，想想也是，他们这样的，哪里有脸留名呀。嘿，你问这个干吗？废话少说，今天我就要打得你满地找牙，就是这么牛×。

——哼哼，还不一定谁赢谁输呢，我今儿就要清理门户，教训教训你这个旁门逆子，这，就是我的态度。

于是，他左手握拳高高举起，做出一个打势，右手伸掌手心向下，摆出一个压势，起手式就用上了自己的师承绝学，打压。

再看那边，双手成掌，频频贴着自己的双肋向正前方推出，越推越快，越推越快，嘴巴还配合着手的动作发出嗖嗖、嗖嗖的声音，这正是他的成名绝技，速推。

他俩围绕着不存在的圆心对峙着，时而顺时针走着八卦步，时而逆时针踏着梅花桩，都不肯先出招，都希望如上课时师父教的那样，用眼神直接秒死对方。

时间一分一秒地过去，周围的人越聚越多，有他们的师父、师兄弟，有其余门派的学徒、门徒和长老，有看热闹的路人，有看热闹的城管。

终于，城府不够深的师弟先出手了，他脱下鞋袜，变拳为爪，在脚跟猛搓了一把，朝着对方扔过去，撕心裂肺地大吼：暗器の杀招，死去吧！

师兄微微一笑，稳住下盘捏紧鼻子，待攻击过后，抻长了脖子，边侧过头向师弟展示自己的右脸边重重地拍打：来啊来啊，朝这儿打，来呀。仿佛是面对司徒浩南的陈浩南，嘴上继续骄傲：这招你师父没教过你吧，这就是传说中不死の奥义，赖脸。

就这样，师弟不停地搓，师兄不停地拍，一招换一招，一招接一招，师弟的脚白如僵尸，师兄的脸红得发紫，周边的人气越来越旺，旺、旺、旺、旺、旺、旺，助威声谩骂声此起彼伏，汪、汪、汪、汪、汪。

只是围观者里，一个女人都没有。

他们的初衷也许只是简单地想找个女人，但他们的所学，让几乎所有女人都对他们嗤之以鼻。

上一次见到这样的武功，还是没了鸡鸡赢了天下又如何的葵花宝典。

他说不对啊，我师父的女人就很多，早就N百人斩了，我看过微信截屏，那些女人都被我师父玩弄于股掌之中，盘得死去活来。

傻孩子，要不怎么说你没脑子呢？截屏里的对话，都是按照剧本一个字一个字打出来的，对话的一方是抠脚大汉，另外一方是给抠脚大汉口交的大汉，哪里有什么女人。

我想了想，可能我说得太绝对了，跪舔也并不一定就是口交，但总之，膝盖肯定是下去了，舌头一定是出来的。

他说还是不对啊，我师父真有女朋友，还结婚了呢，你说他没女人，那么个大活人，你怎么解释？

傻孩子，我知道你是因为没有经历过女人特别缺女人一处到底才报名上课的，但总不能是个女人你就要吧？你看她们的眼神之空洞、她们的笑容之苍白，你听她们的谈吐有多么多的不友善内容、不友善内容、不友善内容，想想她们的底线之低、目光之短浅、脑子之不好使、性情之懒惰。愿意和PUA交往甚至下嫁尤其是帮助他们骗屌丝钱的女人，无论姿色如何身材怎样，她们在我面前连脱衣服的资格都没有。

而且，你打过这一针携带禽流感病毒的鸡血后，这辈子就只能接触这样的女人了，正常的姑娘远远看到你，都会捂着鼻子走开。

因为你的心里，没有一丝真诚。因为你的心里，只有那些死记硬背根本无效的话术。因为你的心里，想的只是约出来睡而后把裸照发群里。因为你的心，是狐臭味儿的。

相由心生，再好的衣衫，也遮不住每个毛孔都散发着猥琐的皮肤。

正所谓，坑蒙拐骗学撩妹，蜂麻燕雀PUA。

我知道，他们也是受害者。可谁让他们在面对难题时妄想不下功夫就可轻松迎刃而解、面对骗局时不充分调研谨慎对比、面对忽悠时不独立思考、面对诱惑时不审视自己几斤几两就欣然接受别人对美好未来的YY和构想?

自己选的路，打飞机打到精尽人亡也得爬完，反正他们手上有的是茧。

子曾经曰过：骗子总需傻子抬，lower自有lowerer带。

这帮学PUA的，绝对是世界上第二low的人群。

有哪些适合夫妻共同培养的兴趣爱好？

T h e P r e s e n t

婚后发现和老公的共同语言不多，想培养一些双方都喜欢的兴趣爱好，增进夫妻感情。该如何下手，从哪里下手呢?

二三十岁的人，爱什么好哪口早就定下来了。

一天的时间总共才那么多，用来满足自己爱好的本来就少，你还要给我强派新任务进一步压榨我那可怜的个人时间和空间。

我要有新爱好，也得是我自己选。你给我的，都叫任务。

喜欢就是喜欢，不喜欢就是不喜欢，你以为披着个培养的羊皮就能掩盖这事儿老子就是不乐意干你却非要硬逼着我口爱心爱的事实吗?

你可以给我推荐一部电影，但你不能一哭二闹三上吊软磨硬泡逼着我在你有空的夜晚坐在你旁边和你一起窝在沙发里吃着你最爱的零食喝着你亲手调制的饮品陪你看两个多小时。

趁现在还能回头，赶紧收手吧。

如若不然，继续在“这篇文章写得好有道理咱们以后食谱就照着这个来”“×××闺密说了不能抽烟以后你每天最多两根”“你看你上个楼就气喘吁吁以后我和你一起每天晚上做30个仰卧起坐”“你这钱花得太大手大脚了自己赚的也不能这么浪费啊从今天起你一定要开始记账这样吧我每天监督你”“我这还不都是为了你好”“你现在不懂这里面的利弊以后你得了实惠一定会感谢我的”“我还不是为了这个家”“我图什么啊不都是为了咱们的孩子”的正能量康庄大道上多迈几步，一定会分手或离婚的。

我喜欢什么，你也有兴趣，你陪着我。

我喜欢什么，你没有兴趣，你不打扰。

这才是你的温柔。

给你的人生伴侣制定一份书单，你认为哪些书是必备的？

P R O B L E M

A N S W E R

给我定必读书单的姑娘，别说馊妹之交、人生伴侣、结婚对象了，连一般友谊我都拒绝和她维持下去。

浪漫的本质是什么？

PROBLEM

A N S W E R

情理之中，意料之外。

什么是
好的爱情?

PROBLEM

A N S W E R

好的爱情不会拿来秀、不需要秀也没那个闲心去秀，恩爱只在你我之间。

其他人知不知、懂不懂、赞不赞、叹不叹，大家随意，别打扰我俩就好。

做爱的
时候拍视频是
什么样的感受？

T h e P r e s e n t

看到美剧里经常有sex tape（性爱录像带）的情节出现，当知道旁边有一台录像机在默默拍摄的时候，不知道当事人心里会想些什么？

拍摄性爱视频这事儿吧，镜头感太差的，会老感觉有双眼睛盯着自己，浑身不自在，影响发挥；

镜头感太好的，会不停出戏入戏在第一人称和第三人称之间频频切换，因分心而降低客户体验；

偶像包袱严重的，会优先选择角度而不是姿势，你用眼神勾搭他，他正对着镜头比画剪刀手。

不但不怎么好玩，而且非常非常非常非常非常不安全。

男人哄姑娘拍性爱视频，无非是这个理由：陪我录一段高清的AVI，让我以后能看看那时我们的爱情。

倘若这句是实话，那恭喜姑娘你碰上了low到第十九层地狱地板下停车场里的屌丝中的极品，一个大好的胴体呈现在他面前，他不全身心去享受却琢磨着以后万一睡不到这么好的姑娘我可以看着录像晃着小手回忆回忆。一盘佳肴，他不尽情去享用，非要吃一半留一半打包回家第二天用微波炉热热再吃，我是说他食量太小还是味蕾发炎呢？

倘若这句是假话，姑娘你想不想知道第一天在手机里看自己，第二天在网上看到自己是怎样一种体验？

倘若他主观上确实无意与人分享，姑娘你又怎能保证法盲瞎如李宗瑞、智商低如陈冠希、动手能力高到能制造iCloud[1]门的人不会出现在你的生命里？

因此，我从来不拍照片拍视频，从源头上切断自己啥时候寂寞了郁闷了失意了失忆了非要拿出来给别人瞅瞅从而沦为猪一样的P友的可能性。

[1] iCloud为苹果公司所提供的云端服务。

为什么把红酒
倒在伴侣身上是情趣，
倒红烧肉就不是？

T h e P r e s e n t

两者一样都伴有液体，都会让局部皮肤升温而敏感。而且倒红烧肉后还可以一起消夜，有肉吃。为什么倒红烧肉的行为不被大家接受呢？

红酒，有五种用法。

其一，沐浴后尚未完全拭干，挂着水滴的胴体，一缕红酒如静了音的瀑布，沿着她的曲线倾泻而下。仿佛一件薄如蝉翼的衣物呈现在你眼前，又瞬间逝去，只留下一粒粒浅色的晶莹和周围透明的水滴交相呼应，脱掉这件衣物的不是你，而是时间那无形的双手。她身上若有一红一白渐渐靠近合二为一，一起欣赏这一幕简直就是最棒的前戏。

红烧肉，能挂杯吗？

其二，日本人搞了个什么女体盛，让处女一动不动地躺着，稍微打个喷嚏身上的火锅和烧烤炉子就揭竿而起四散开来，简直就是暴殄天物。女人是似水柔情的，即使要用来当器皿，也得是酒器。她高昂起头，红酒从她的下巴开始流淌，在锁骨处积下一湾浅水，用鼻子轻嗅，缓缓喝下，让流过她身体的流入你的身体；她酥软地趴下，在她的腰窝周围放下五颗有凹面的冰块，仔仔细细地倒出七小杯酒，你的认真、你的呼吸、你的每一个动作，她都能感受到。和她碰一杯冰块，俯下身去自己品一杯，再和她干一杯，用手指蘸蘸腰窝，在她后背划过，然后俯下身去再喝一杯。最后一杯连着冰块一起入口。

日本人尚且知道在姑娘身上得吃刺身，用红烧肉，简直是比日本人还重口。

其三，喝汾酒用玉杯，添酒色；喝白酒用犀角杯，添酒香；喝米酒用大斗，豪气；喝葡萄酒用夜光杯，省电；喝高粱酒用青铜杯，有钱就是任性；随便喝点儿什么用神木王鼎，那一定是百毒不侵地臭显摆来了。每个人都有自己的味道自己的体香，让红酒从上而下混合着她的气息落入自己口中，那便是在你中有我之前，已经我中先有你了。

红烧肉和唐僧肉都是肉，混在一起，串味儿。

其四，品红酒的环境一般是恬静而温和的，边听死亡金属边喝上几口或者红酒配大腰子的人，也有，但毕竟是少数。同样是酒，这个时候如果用二锅头或者蒙古口杯，就画蛇添足了。

倘若换成红烧肉，这边的大快朵颐未免抢了那边秀色可餐的风头，一加一反而小于一。

其五，品红酒用的是眼睛、舌头、鼻子和嘴唇，都是柔软所在，吃红烧肉，靠的却是牙齿。真的是怕你牙尖嘴利划伤了姑娘或者前戏过后在人家胸前留下片香菜在肚脐里攒下厚厚的猪油，在姑娘心里留下面积无法计算的阴影。

除红酒外，酸奶、奶酪蛋糕、炼乳、果冻、奶油、冰淇淋、贡丸、鹌鹑蛋等等等等都有各自的玩法和妙用，在这条路上真的是要埋头走上十万八千里过九九八十一关，才能轮到红烧肉呢。

害羞和不自信有什么区别？

PROBLEM

A N S W E R

害羞是那一低头的温柔，不自信是习惯性的退后。

女朋友满身负能量，如何让她阳光起来？

我今年毕业，现就职于一家央企机关，女友是同校校友，大三在读，现在异地恋。从恋爱到现在，基本上都是我每天主动联系女友，这让我感觉很累，很辛苦，有一种单方面付出的感觉。女友每天跟我聊的都是一些负面消极的东西，比如课程太多，老师布置作业很难，需要复习四六级，班级工作等。在我看来这些其实都是她应该做的分内工作，没什么可抱怨的。我经常教导她不要在乎这些小事儿，要有积极的心态，可是效果不好，现在女友每天都非常消沉，我该怎么做才能让她阳光起来。

P R O B L E M

A N S W E R

你说，有没有可能，是这样的？

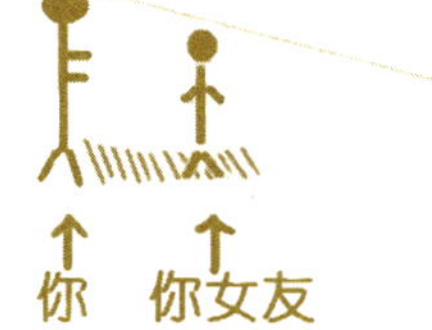

怎样判断一个男人是否真的爱你？

T h e P r e s e n t

和他认识七年了，中途分分合合很多次，他是典型花心双子男，但身边的朋友都说，看得出，他是真的很喜欢我。他也跟我朋友倾诉过，说交往这么多人，觉得还是我最好。都说男人喝醉后会给最爱的女人打电话，他给我打过。他会把我介绍给他所有的兄弟，让他所有兄弟都知道我的名字，他们会自动叫我嫂子。他会给我听某些歌，不知道这算不算是对我的暗示？他这样的表现，到底是不是真的爱我啊？

没脑子的女人，最让人哀其不幸的点在于：善意、习惯、技巧和真爱，她们傻傻分不清楚。

排第二位的是竟然同时还没奶子。

吃不完的饭菜，打包给外面乞讨的老人送过去，这个叫作善意。

主动为姑娘拉车门，散步走在更靠近车流的那一边，这个叫作习惯。

记得你的生日、姨妈日，你俩的初恋日、初吻日、初日日，这个叫作技巧。

这些，都和对方是否真心待你，没有一毛钱的关系。

还有些男生习惯每认识一个姑娘就带回家吃饭见父母、喜欢喂个流浪猫逗个流浪狗、特别会聊天聊得你大冬天心里暖洋洋，但以上这些，都不能代表他就是爱你的。

“会把我介绍给他所有的兄弟，让他所有兄弟都知道我的名字，他们会自动叫我嫂子。”从补充说明的这句尤其是“自动”二字我只能解读出，你一定不是他带去见兄弟的第一个姑娘。

“给我听某些歌，不知道这算不算是对我的暗示”，这连个屁都不是，甚至算不上善意习惯技巧，这仅仅就是个行为，除非他给你听的是《吹喇叭》《威风堂堂》或者*Baby Got Back*[1]，那还勉强是个暗示。

不要用自己认为或者听来的标准，去做衡量别人的标杆。爱情是这样，生活亦如此（装×十大金句之一）。

[1] 美国说唱男歌手Sir Mix-A-Lot演唱的一首说唱歌曲。

那如何判断一个男人是否真的爱你呢？真的只能用自己去豪赌用心去感受用时间和青春当筹码吗？

当然不是，方法还是有的。

上大学的时候有个关系特好的学妹，我俩除了一起逛街，一起吃献殷勤的男生请她吃饭后她强行点单打包回来的食物，一起玩跑跑卡丁车之外，做得最多的事儿，就是坐在路边，看行人。看着来来往往的师兄师弟师姐师妹和老师，我根据行为和细节胡乱分析着，她照单全收还瞎附和，从夕阳西下坐到食堂打烊，然后就可以跑去草坪上听人弹吉他了。

那个时候，是真闲。

正是在对路人的不断观察中，我无意中找到了这个问题的答案。

两个人正相拥时，当男方认定自己的面部肯定处于姑娘的视线范围之外，且身边没有其他熟人时，从这个男人的表情里，就能看出他对耳边的这位姑娘是否真心喜爱。

姑娘，你是否想象过，在无座地铁上你依偎在他怀里时、在机场高铁站你们分别前、在烟火下从身后抱着你时、在街头相拥时，他的表情是怎样的呢？

若他一脸的猥琐，说明骗炮之路一帆风顺；

若他一脸的严肃，说明你或者你父母的家底相当地厚实；

若他一脸的茫然，说明一直都是你在主动，若有更好的选择他会离开你；

若他一脸的疲惫，说明他很努力地改变自己来靠近你，但和你在一起，真的很累；

若他一脸的天真，说明在他心中他本是配不上你的，你是遥不可及魅力不对等的女神；

若他平淡的表情中嘴角微微翘起，真爱。

这个时候的男人，表现出的是最真实的状态，也只有在你看不见的时刻，他才会显露这样的真实。

如果他不是智商太低或者运气太差，也不是为了剧情发展必须被你揭穿险恶用心的男配角，你是永远看不到他“背着你时如何真情流露”这一幕的。

所以，找个男友未曾见过真心待你口齿清晰的闺密，偷偷地帮你观察完再汇报咯。

那么问题来了，如何判断一个闺密是否真心待你呢？我们马上就说到了。

怎样判断闺密是否真心待你？

T h e P r e s e n t

人与人之间最复杂的10种关系里，排在前三的都是女女关系：婆媳、妯娌、闺密。

好的极好，如胶似漆；差的极差，如鲠在菊。

婆媳和妯娌间的事儿过于复杂，咱们暂且不谈。闺密是不是真心待你，相对而言好判断得多，是有迹可循的：

如果她不洗头就出来见你，她有可能是真心待你；

如果她合影时脑袋不朝后挤，她也许是真心待你；

如果她发照片时顺手还帮你PS，她大概是真心待你；

如果她撕破脸也要拉着你远离传销、大麻、直播、微商和私人整形所，她应该是真心待你；

如果她对你的成就没有丝毫妒忌，她极有可能是真心待你；

如果这本书是她送你的，那确定一定以及肯定，这位闺密，是真心待你。

图书在版编目（CIP）数据

致现任 / 芝士就是力量著. — 长沙：湖南文艺出版社，2016.9
ISBN 978-7-5404-7728-8

Ⅰ. ①致… Ⅱ. ①芝… Ⅲ. ①婚姻－通俗读物 ②恋爱－通俗读物 Ⅳ. ①C913.1-49

中国版本图书馆CIP数据核字（2016）第189349号

上架建议：情感·心理学

ZHI XIANREN
致现任

作　　者：芝士就是力量
出 版 人：刘清华
责任编辑：薛　健　刘诗哲
监　　制：蔡明菲　潘　良
特约策划：董晓磊
特约编辑：温雅卿
营销编辑：李　群　杨清方
封面设计：46设计
版式设计：李　洁
出版发行：湖南文艺出版社
（长沙市雨花区东二环一段508 号　邮编：410014）
网　　址：www.hnwy.net
印　　刷：三河市文通印刷包装有限公司
经　　销：新华书店
开　　本：880mm × 1270mm　1/32
字　　数：230千字
印　　张：10.75
版　　次：2016 年9月第1 版
印　　次：2016 年9月第1 次印刷
书　　号：ISBN 978-7-5404-7728-8
定　　价：39.80 元

质量监督电话：010-59096394
团购电话：010-59320018